Tagesanbruch im Januar

Erzählungen und Gedichte zu Winter und Weihnacht

Esther Wäcken, Angela Hilde Timm, Simone Seebeck u.v.a.

Dorante Edition

Tagesanbruch im Januar

Erzählungen und Gedichte
zu Winter und Weihnacht

Esther Wäcken, Angela Hilde Timm,
Simone Seebeck u.v.a.

Bibliografische Information durch die Deutsche Nationalbibliothek: Die Deutsche Nationalbibliothek verzeichnet diese Publikation in der Deutschen Nationalbibliografie; detaillierte bibliografische
Daten sind im Internet über http://dnb.d-nb.de abrufbar.

herausgegeben durch das Literaturpodium, Dorante Edition
Berlin 2024, www.literaturpodium.de
ISBN 9783759751140

Foto auf der Vorderseite: Ralf Becker
Foto auf der Rückseite: Dirk Tschiedel

Herstellung und Verlag: BoD – Books on Demand, Norderstedt

Esther Wäcken

Weihnachten mit Kindheitsträumen

(Weihnachtsgeschichte 2018)

Heiligabend! Ich befand mich auf dem Heimweg von der Mittagsschicht, obwohl ich heute eigentlich frei gehabt hätte. Aber wie das Leben so spielt. Viele Kollegen waren erkrankt und wer ließ sich netterweise breitschlagen einzuspringen? Ich!

Aber jetzt hatte ich es geschafft und freute mich auf mein vom Ofen wohlgeheiztes Wohnzimmer, mein Sofa, leckeres Festessen, Bescherung. Na, eben alles, was dazugehört. Und doch kam ich nicht allzu schnell vorwärts, denn zu meinem Leidwesen hatte es angefangen zu schneien. Ja, ich weiß, für viele Leute gehört Schnee zu Weihnachten dazu. Aber wenn ich mit dem Auto unterwegs sein muss, kann ich gern drauf verzichten. Langsam tastete ich mich also durch die hereinbrechende Dunkelheit und die wirbelnden Schneeflocken vorwärts.

Ein Anhalter! Normal nehme ich die ja nicht mit, aber dieser junge Mann in verschlissenen Jeans und Parka, die Kapuze über dem Kopf, der da den Daumen raushielt, der hatte etwas an sich, das mir Vertrauen einflößte. Und überhaupt, ist Weihnachten nicht das Fest der Liebe?

Also brachte ich mein Auto mit einem vorsichten Bremsmanöver zum Stehen, ließ das Beifahrerfenster runter und rief zu dem Fremden hinaus, wohin er denn wolle. Dieser hatte schon die Tür geöffnet und sagte: „In die Richtung, wohin Sie fahren, einfach noch ein Stück weiter. Ich sage Ihnen, wo Sie mich absetzen können." Mit einem Danke!, hatte er auch schon auf dem Beifahrersitz Platz genommen, setzte seine Kapuze ab.

Verstohlen musterte ich meinen neuen Mitfahrer. So um die 30 mochte er sein. Schulterlanges, blondes Haar, Vollbart und die blauesten Augen, die ich je gesehen hatte. Höflich war er auch, denn er stellte sich vor: „Ich bin übrigens Chris T. Kind. Ich bin dein inneres Kind, das all deine Träume kennt. Was es sich wünscht, was es auch denkt, das wird dir heute geschenkt." Bei diesen Worten legte er seine Hand auf meinen Unterarm und eine wohlige Wärme, eine tiefe, innere Zufriedenheit schien sich von seiner Hand aus in meinem ganzen Körper auszubreiten. Und der intensive Blick seiner blauen Augen…

Was? Hatte er das gerade wirklich so gesagt? Sobald er seine Hand wegnahm, war dieser wundersame Moment vorbei und wir waren einfach nur zwei Menschen in einem Auto auf einer glatten Straße im Schneegestöber. Vorsichtig manövrierte ich mein Auto weiter durch die zunehmend schlechter werdenden Wetter- und Sichtverhältnisse.

War ich in Sekundenschlaf gefallen? Abrupt fuhr ich auf, als plötzlich die Titelmelodie von Knight Rider aus meinem Autoradio erklang. Und nicht nur das! Ich saß ganz eindeutig nicht mehr in meinem Auto, sondern in dem futuristischen Cockpit von K.I.T.T.

Was hatte Chris noch gleich gesagt über das innere Kind und die Wünsche dieses Kindes, die erfüllt werden sollten? Nun, als ich mit der Serie Knight Rider Bekanntschaft machte, war ich zwar kein Kind mehr, aber dieses Auto hatte mich so sehr fasziniert, dass ich mir gewünscht hatte, K.I.T.T würde mir gehören. Und nicht zuletzt hatte ich erst in den letzten Tagen ein Internetportal entdeckt, wo ich mir diese alte Serie nochmals ansehen konnte. Also waren meine Gedanken durchaus um dieses Wunderauto gekreist. Vor allem jetzt, wo mir das Fahren bei diesem Wetter doch ziemlich zusetzte. Als hätte K.I.T.T meine Gedanken erraten, erklang auch schon seine sonore Stimme: „Ich schlage vor, dass ich jetzt das Fahren übernehme und Sie sich entspannt zurücklehnen."
Nichts lieber als das. Ich ließ das Lenkrad los und mein Wunderauto fand seinen Weg ganz von allein. Doch nach einiger Zeit wurde ich skeptisch. Waren wir nicht, dem Wetter zum Trotz, schon viel zu lange unterwegs. Und der Weg wurde zunehmend steiler. Ja, es schien gar keine Straße mehr zu sein, eher ein kaum noch erkennbarer Querfeldeinweg.
„K.I.T.T., bist du sicher, dass wir hier richtig sind?", wagte ich zu fragen.
Wieder erklang die melodische Stimme: „Absolut sicher. Wir sind bei Mayenfeld abgebogen und auf dem direkten Weg zur Almhütte."
Mayenfeld? Almhütte? Klar, ich war in den letzten Wochen auf einem echten Nostalgietrip gewesen, hatte etliche meiner alten Kinder- und Jugendbücher wieder aus dem Regal geklaubt und stundenlang gelesen. Eines dieser Bücher war „Heidi", deren Leben auf der Alm in den Bergen ich mir so oft auch für mich erträumt hatte. Aber mit dem Auto auf die Alm?
Doch K.I.T.T war schließlich nicht irgendein x-beliebiges Auto. Warum sollte der so einen Fahrt also nicht bewältigen? Das Schneetreiben hatte aufgehört und da sahen wir sie auch schon von weitem. Heidi und ihren Großvater, den Alm-Öhi.

Was für ein Kontrast zwischen altmodischer Gemütlichkeit und Moderne, als K.I.T.T neben dem Schlitten der beiden, die uns begrüßend zuwinkten, bremste. Ich stieg aus, ging auf Heidi und den Öhi zu, begrüßte sie freundlich und dann genoss ich lange Zeit einfach nur dieses herrliche Bergpanorama, die frische, klare Bergluft und vor allem, diese wunderbare Stille! Schließlich begaben wir uns zu viert – Chris war inzwischen ebenfalls ausgestiegen – zu der urigen Almhütte. Dort bullerte der Ofen vor sich hin, mollige Wärme empfing uns. Und ein gedeckter Tisch mit den einfachen Köstlichkeiten aus Heidis Leben. Frische Geißenmilch, frisches Brot und deftiger Bergkäs, welchen der Öhi sodann, wie ich es aus dem Buch kannte, über dem Feuer anbriet. Ein köstliches Mahl!
Nur eine Sache passte nicht so recht ins Bild, denn ein Weihnachtbaum wurde bei Heidi nie erwähnt. Nur die drei großen, alten Tannen hinter der Hütte. Hier aber stand ein Baum, der mir auch vertraut vorkam, aus einem anderen Buch. Geschmückt mit den prächtigsten Dingen aus Silber und Gold, mit Kugeln, Ketten, Sternen, mit Äpfeln und Nüssen. Auch Kerzen waren aufgesteckt und Kringel aus Schokolade hingen an den Zweigen. Und ein entzückendes kleines Flugzeug, ganz aus Silber! Die Kerzen brannten und ich schaute ganz genau hin, denn wenn ich mich nicht täuschte, dann müsste sich hinter einer der Kerzen Pünkelchen versteckt haben. Und richtig, da war es, genau wie aus dem gleichnamigen Buch.
Ich hütete mich, etwa erkennen zu lassen, dass ich Pünkelchen längst entdeckt hatte. Denn wenn alles so passieren würde wie im Buch, dann…
Und es passierte. Pünkelchen hatte sich aus Angst, entdeckt zu werden, hinter besagter Kerze versteckt. Dann jedoch war heißes Wachs herunter getropft, Pünkelchen hatte vor Schreck losgelassen, war auf das silberne Flugzeug unter ihm geplumpst. Dieses hatte sich losgerissen und einen unbemerkten Gleitflug durchs Zimmer gemacht. Unbemerkt blieb dieser Flug diesmal allerdings nicht. Vor allem, weil das kleine Flugzeug mit seinem noch kleineren Passagier mitten auf dem Tisch in der Hütte landete, um welchen wir noch immer zum Essen saßen.
Pünkelchen erschrak nicht schlecht, plötzlich vier Augenpaare von vier riesengroßen Menschen auf sich gerichtet zu sehen. Und es kostete einiges an Überzeugungskraft, ihm klar zu machen, dass niemand ihm etwas antun wollte. Stattdessen durfte der kleine Wicht an unserer Mahlzeit teilnehmen. Mit mikroskopisch kleinen Portionen, die er mitten auf dem Tisch sitzend genüsslich verzehrte.

Was war das jetzt wieder? Vor der Hütte erklang Hufgetrappel und Wiehern. Wir alle, außer Pünkelchen, welches, klein wie es war, so schnell nicht vom Tisch herunter kam, sprangen auf und liefen hinaus. Ich staunte nicht schlecht, denn da draußen vor der Hütte, das waren Winnetou und Old Shatterhand auf ihren prächtigen Rappen Iltschi und Hatatitla. Richtig, Karl May hatte ich in diesen Tagen auch wieder gelesen, mir dabei wir üblich vorgestellt, ich würde mit meinen Helden über die Prärie reiten. So hatten also der stolze Häuptling der Apatschen und sein Blutsbruder auch den Weg auf Heidis Alm gefunden.

Ehrlich, vor lauter Aufregung, zwei weiteren Helden meiner Jugend leibhaftig gegenüber zu stehen, wurde ich ganz zappelig. Geradezu würdevoll saßen die beiden ab, begrüßten uns formvollendet und kümmerten sich sodann, wie jeder gute Westmann es zu tun pflegt, zunächst um das Wohl ihrer Pferde. Diese wurden kurzerhand im Geißenstall bei Schwänli und Bärli untergebracht, bekamen reichlich gutes, duftendes Bergwiesenheu vorgesetzt und die dazugehörigen Reiter begaben sich mit uns zurück in die Hütte. Und ganz wie in den Büchern hatten sie den typischen Wildwestproviant dabei. Gebratene Büffellende und tatsächlich gebratene Bärentatzen. Nun bin ich ja ganz bestimmt kein überzeugter Fleischesser, betrachte solche „Genüsse“ mit einer gewissen Skepsis, war jedoch neugierig genug, davon zu probieren. Hm, gar nicht mal so schlecht und so ging dieses ungewöhnliche Festmahl mit zwei weiteren, ungewöhnlichen Festgästen weiter.

Wir saßen zusammen bis in die Nacht, bis die Kerzen am Baum heruntergebrannt waren, dem Heidi vor Müdigkeit die Augen zufielen und die Sterne in herrlicher Klarheit am samtschwarzen Himmel standen. Und bis K.I.T.T draußen vor der Hütte hupte, deutlich hörbar rief, es wäre an der Zeit aufzubrechen.

Herzlich nahm ich Abschied vom Heidi, vom Alm-Öhi, von Pünkelchen, Winnetou und Old Shatterhand. Ließ es mir nicht nehmen, zum Abschied ebenfalls noch mal in den Stall zu gehen, um Iltschi, Hatatila, Schwänli und Bärli zu kraulen. Dann stiegen Chris und ich ein und mit Autopilot ging es den Berg hinunter.

„Danke, Sie können mich hier aussteigen lassen“, riss mich Chris Stimme aus meinen Gedanken. Was? Wo? Verwundert schaute ich mich um. Ich saß ganz eindeutig in meinem eigenen Auto, hielt vor meiner eigenen Haustür. Chris war bereits ausgestiegen, rief zum Abschied: „Tschüss und danke, nochmal. Und frohe Weihnachten!“

„Warte!“, rief ich ihm, hastig ebenfalls aussteigend, hinterher. „Willst du nicht noch mit reinkommen?“

„Nein, ich muss jetzt weiter. Hab noch viel zu tun.“

Fast hatte ihn schon die Dunkelheit verschluckt, da fiel mir noch etwas ein.

„Chris!", rief ich erneut, „Wofür steht das T. in deinem Namen?"

„Traumwahrmacher!", klang es aus der Dunkelheit zurück und weg war er.

Endlich machte ich mich auf den Weg zu meiner Haustür, um in ein Weihnachtsfest ohne Wunschtraumbesucher aus meinen Büchern und Serien zu starten. Und doch fragte ich mich, innerlich grinsend, was wohl passiert wäre, hätte ich in den letzten Tagen statt Jugendliteratur intensiv „Shades of Grey" gelesen.

Esther Wäcken

„Schreibt einen Aufsatz zum Thema „Weihnachten"!

(Meine Weihnachtsgeschichte 2019)

Mara sitzt an ihrem Schreibtisch und brütet über ihren Hausaufgaben. Für Deutsch lautet die Aufgabe: „Schreibt einen Aufsatz zum Thema „Weihnachten"! Grundsätzlich schreibt Mara gern Aufsätze. Seitenlang. Denn ihre Phantasie kennt keine Grenzen. Nur leider ist ihre Phantasie so eigenwillig, dass sie selten beim Thema bleibt, stattdessen wie ein ungezügeltes Pferd in jede beliebige Richtung davongaloppiert. So steht oftmals der Kommentar unter ihren Aufsätzen: „Gut geschrieben, aber Thema verfehlt."

Weihnachten? Was soll sie darüber nur schreiben? Maras Blick schweift aus dem Fenster, hinüber zum Nachbarhaus. Denn die Nachbarn lassen ihr ab Ende November gar keine Chance, sich dem Thema „Weihnachten" zu entziehen mit ihrem alle Jahre wiederkehrenden Beleuchtungs- und Dekowahn, der in Maras Zimmer blinkt. Aber, schön sieht es ja aus. Die geben sich echt Mühe.

Soll sie darüber schreiben? Wieviel Mühe sich manche Leute mit ihrer Weihnachtsdekoration machen? So recht will ihr dazu jedoch nichts einfallen. Um sich in die richtige Stimmung zu bringen, klickt sie ihre Weihnachtsplaylist auf ihrem Smartphone an. Zuallererst ertönt ihr absoluter Lieblingssong, „Willkommen in der Weihnachtszeit" von Saltatio Mortis. Mara singt mit, der Text spricht ihr aus der Seele, vor allem diese Textpassage: *„Hohoho, ihr lieben Kinder, hohoho, es ist so weit. Draußen sind noch dreißig Grad, doch im Supermarkt ist Weihnachtszeit."*

Wäre das ein passendes Thema für ihren Aufsatz? Dass Weihnachten immer mehr zum reinen Kommerz verkommt? Wie absurd es ist, schon ab September überall Weihnachtsgebäck und Süßigkeiten kaufen zu können? Ihr zweiter Favorit auf ihrer Playlist, „Merry Christmas allerseits" von Udo Jürgens, drückt ja auch nichts anderes aus:

Andererseits, wurde dieses Thema nicht schon oft und immer wieder bis zum Erbrechen breitgetreten? Ohne dass sich was änderte? Alle mokieren sich darüber, nur um dann selbst die Supermärkte zu überfüllen und haufenweise Geld für *hirnverbrannte things* auszugeben und vor den Feiertagen Lebensmittel einzukaufen, als gäbe es kein Morgen.

Mara geht nur ungern vor Weihnachten einkaufen. Nicht nur, weil dann alles so überfüllt ist, man von den Menschenmassen schier totgetreten wird. Vor allem an den Kühltruhen ekelt es sie beim Anblick der dicht an dicht liegenden, folienverschweißten Gänsekadavern.

Überhaupt, warum gilt bei so vielen Leuten der Braten, egal von welchem Tier, noch immer als ganz besonderes Festessen? Als ob die Menschen es nicht längst besser wüssten! Eigentlich! Aber wenn es darum geht, das eigene Essverhalten *wirklich* zu ändern...

Leicht war es auch für Mara nicht, ihre Eltern so nach und nach behutsam davon zu überzeugen, wie unsinnig die häufig aufgestellte These ist, dass der Mensch Fleisch zur gesunden Ernährung braucht, weil ihm sonst dies und das und jenes fehlt und er unweigerlich krank und mangelernährt ist. Alles längst widerlegt und doch noch nicht in den Köpfen angekommen! Ihre Mutter hat sie mit gemeinsamem Ausprobieren leckerer, vegetarischer Rezepte inzwischen überzeugt. Und ihr Vater, der muss halt essen, was auf den Tisch kommt. Dass er sich allerdings trotzdem noch zwischendurch unterwegs in aller Heimlichkeit sein Schnitzel reinzieht, ist nicht auszuschließen.

Weihnachten, das Fest der Liebe und für ungezählte Tiere, die als Weihnachtsbraten herhalten müssen, das Fest des Todes. Wie war das noch gleich, mit dem Gebot „Du sollst nicht töten"? Da heißt es nicht: „Du sollst keine Menschen töten", oder: „Du sollst nur unter diesen und jenen Umständen nicht töten, wenn du es irgendwie vermeiden kannst", sondern schlicht und einfach: „Du sollst nicht töten". Was doch eigentlich die Tiere mit einschließt, oder etwa nicht? Überhaupt, das mit dem „Macht euch die Erde untertan", das hat ja prima geklappt, so wie die Menschheit die Erde und all ihre schwächeren Geschöpfe ausbeutet.

Aber, wenn Mara darüber ihren Aufsatz schreibt, dann ist ihr ein „Thema verfehlt“ jedenfalls sicher.

Noch immer ist sie kein Stück weitergekommen, wovon ihr Aufsatz handeln soll. Weihnachten, die Zeit, wo ungezählte, mehr oder weniger kitschige, rührselige Filme im Fernsehen laufen. Hat man alles schon gesehen, in all den Jahren davor. Auch hier gibt es wohl kaum was Neues, was so noch nie dagewesen ist, worüber sie schreiben könnte. Die eigentliche Weihnachtsgeschichte, mit der ja alles überhaupt erst angefangen hat, eingeschlossen.

Mara denkt so für sich, dass diese Sache mit dem Erlöser der Menschheit schon ganz schön großes Kino war. Und Jesus, der hat sich so richtig reingekniet, um dieser großen Aufgabe, die sein Vater ihm da gestellt hat, gerecht zu werden. Der hat die Menschen *wirklich* geliebt und vorbehaltlos jedem geholfen. So, wie es sein sollte. So, wie es jeder machen sollte. Aber leider, auch daran hat sich nie etwas geändert, wer einfach *zu gut* ist, wird dafür nicht nur geliebt und bewundert, er zieht auch die Neider und Hasser an. Was letztlich zu seinem grausamen, sinnlosen Tod führte. Und seitdem wartet die Christenheit auf die Rückkehr ihres Erlösers. Was doch irgendwie unsinnig ist. Denn wer sagt, dass dieser nicht längst zurückgekehrt ist? Oder nie wirklich weg war? Oft malt Mara sich aus, dass Jesus sein Wirken auf unserer Welt einfach inkognito fortgesetzt hat. Er könnte der Rettungssanitäter sein, oder der Feuerwehrmann, der Menschenleben rettet. Oder in einer Hilfsorganisation aktiv ist.

Und nicht zuletzt trägt jeder Mensch dieses Licht, diese Liebe in sich selbst und kann genauso helfen, heilen, trösten, *wenn* er dazu bereit ist.

Was würde Jesus wohl dazu sagen, dass gewisser Maßen ihm zu Ehren besagte Gänse und andere Tiere massenhaft als Festtagsbraten abgeschlachtet werden? In diesem Moment macht es „klick“ in Maras Kopf. Was, wenn Jesus nicht der Erlöser der Menschen wäre, sondern der Erlöser der ausgebeuteten, geknechteten Erde, der Natur, der Tiere? DAS IST ES! Darüber wird sie schreiben und das zu erwartende: „Gut geschrieben, aber Thema verfehlt“, ist ihr in diesem Moment völlig egal. Wie von selbst fügen sich die Gedanken aneinander, der Stift fliegt nur so übers Papier. Und da sie einmal so im Thema ist, denkt sie sich, dass man die zehn Gebote langsam auch mal überholen und den aktuellen Gegebenheiten anpassen könnte. Dann könnte es etwa heißen:

Ich bin die Erde, euer aller Mutter. Ihr habt keine Erde außer mir, die ihr bewohnen könnt.

Du sollst die Natur und alle ihre Geschöpfe ehren.

Du sollst keines deiner Mitgeschöpfe töten, weder Mensch noch Tier.

Du sollst nicht ausbeuten der Erde Bodenschätze.

Zufrieden lächelnd steckt Mara ihr Heft mit dem fertigen Aufsatz in ihre Schultasche und freut sich bereits auf hitzige Diskussionen mit ihrem Deutschlehrer, der zugleich auch ihr Religionslehrer ist. So, wie sie sich darauf freut, mit ihrer Mutter gleich ein köstliches, vegetarisches Weihnachtsmenü zu planen.

Esther Wäcken

Weihnachtszauber

Meine Weihnachtsgeschichte 2022

Es war Evas Idee gewesen: „Lasst uns doch alle zusammen nach Bückeburg zum Weihnachtszauber fahren. Ich war noch nie dort, habe aber schon viel darüber gehört. Soll ein tolles Ambiente sein, mit dem Schloss, dem Park und alles festlich beleuchtet. Sogar die Hofreitschule macht dort jeden Tag mehrere Vorführungen. Das will ich unbedingt mal sehen.“

„Ja, ja, kleine Mädchen und ihre Pferde“, war sie dafür von den Männern aufgezogen worden. Jedoch waren sämtliche Mädels in der Runde auf ihrer Seite, weil praktisch jede mehr oder weniger mit Pferden zu tun hatte. Franka mit ihrer Schimmelstute Fee, die sie einst vorm Schlachter gerettet hatte. Kiki, die früher zusammen mit Eva Reitstunden genommen und Jo, die als Physiotherapeutin durchaus schon mit Therapiepferden gearbeitet hatte.

Also hatte man sich auf einen Tag geeinigt, an welchem alle Zeit hatten. Jens konnte sogar einen Kleinbus von einem Kollegen organisieren, sodass alle zusammen in einem Auto fahren konnten. Mike und Jo, Eva und Dylan, Franka und Jens, Kiki und natürlich auch Cho.

Vor Ort angekommen liefen alle Hand in Hand paarweise los. Bis auf Kiki und Cho, die in gebührendem Abstand nebeneinander das Schlusslicht bildeten.

„Scheint so, als wären wir die einzigen Singles in unserer Runde“, bemerkte Cho zu Kiki.

„Tja, sieht so aus.“

„Würdest du mir vielleicht einen kleinen Vorweihnachtswunsch erfüllen?“

„Kommt drauf an.“

„Könnten wir … nur jetzt, heute und hier, für ein paar Stunden einen auf Pärchen machen und auch Hand in Hand gehen? Und vielleicht darf ich dir die eine oder andere hübsche Kleinigkeit kaufen?“

„Wir tun also so, als wären wir liiert? Warum eigentlich nicht? Und wenn es dich glücklich macht, dann darfst du mir ein paar leckere Sachen zum Essen und Trinken spendieren.“

„Ja, das macht mich glücklich", sagte Cho, Kikis Hand ergreifend, ihr einen Kuss auf den Handrücken gebend.

Derweil waren sie in der Warteschlange vor der Hofreitschule angekommen, deren Vorführung die Mädels ja unbedingt sehen wollten. Anschließend der Rundgang durchs Schloss und dort, im Innenhof, war dieser große, goldene Bilderrahmen in dem oben dieser Mistelzweig hing. Für verliebte Paare, die sich mal ganz stilvoll küssen wollten. Selbstverständlich machten auch alle aus der Clique davon Gebrauch, ließen sich ebenso selbstverständlich dabei fotografieren. Allen voran Mike und Jo, gefolgt von Eva und Dylan, zuletzt Franka und Jens. Jens, der sein Mädchen neckte: „War ja klar, dass du die Situation schamlos ausnutzt."

„Aber sicher doch! Und da vorn habe ich diesen Stand entdeckt, wo sie Mistelzweige verkaufen. Davon werde ich ganz viele kaufen und überall zu Hause aufhängen. Dann musst du mich küssen und küssen und küssen, den ganzen Tag!"

„Wenn du mich weiter so herausforderst, dann könnte es passieren, dass ich noch ganz andere Dinge mit dir mache, sobald wir wieder zu Hause sind."

„Ach ja? Dinge, die du hier jedenfalls nicht mit mir machen kannst!"

„*Könnte* ich schon. Nur würden wir dann wahrscheinlich hochkant rausfliegen und dürften uns hier nie wieder blicken lassen, wegen Erregung öffentlichen Ärgernisses."

Mike war es, der das Geplänkel der beiden unterbrach: „Würde unser altes Ehepaar die Bühne jetzt langsam mal freimachen für unser neuestes Traumpaar? Kiki, Cho, ihr seid dran! Los jetzt! Küssen und keine Widerrede!"

„Was? Wir?", wollte Kiki protestieren.

„Na komm schon. Küssen tut auch ganz bestimmt nicht weh, versprochen. Und schließlich *haben* wir uns ja sogar schon mal geküsst", wurde sie von Cho ermuntert.

Kiki konnte nicht verhindern, dass sie rot wurde, beim Gedanken an diesen ersten und einzigen Kuss mit Cho, vor nunmehr fast drei Jahren im Zeltlager, beim Flaschendrehen.

„Okay, ich habe seitdem zwar nicht mehr geküsst, aber wahrscheinlich kann ich es noch."

Oh ja, sie konnte! So lange und leidenschaftlich, dass Mike sie schließlich ausbremste: „Leute, langsam wird's unanständig! Schließlich laufen hier auch noch kleine Kinder rum."

Und Cho flüsterte leise an Kikis Ohr: „Du hast nichts verlernt. Du küsst immer noch richtig gut.“

„Hm, vielleicht werde ich mit regelmäßigem Training sogar noch besser?“

„Und wer sollte dich trainieren? Doch nicht etwa ich?“

„Warum denn nicht? Immerhin bist du ziemlich gut, soweit ich das beurteilen kann.“

„Darauf eine heiße Schokolade!“

„Aber bitte mit Sahne!“

Entschlossen zog Kiki Cho mit sich zum Getränkestand und kurz darauf saßen sie in einer kuschligen Sitzecke, jeder mit seinem Glas heißer Schokolade in der Hand. Eine Weile schwiegen beide, bis Kiki fragte: „Du, Cho, was hältst du davon, wenn wir einfach noch etwas länger so tun, als wären wir ein Paar?“

„Und an wieviel länger hast du dabei gedacht?“

„So lange, wie es uns Spaß macht.“

„Das könnte bei mir dann aber unser Leben lang sein.“

„Und, wäre das so schlimm?“

„Für mich nicht. Aber was ist mit dir? Du warst es doch, die bisher nie was von mir wissen wollte, mich immer angezickt hat.“

„Tatsächlich fand ich dich immer cool, hab dich bewundert und ja, ich hatte dich lieb, sehr lieb sogar. Über unserer ständigen Konkurrenzsituation habe ich das wohl einfach … vergessen. Aber es gefällt mir, mit dir Hand in Hand zu gehen, dich zu küssen. Also sollten wir es einfach drauf ankommen lassen, ob wir uns nicht doch gut verstehen. Und zuallererst würde ich gern herausfinden, ob es mir auch gefällt, dich zu küssen, wenn kein Mistelzweig im Spiel ist. Oder Flaschendrehen.“

„Lassen wir es drauf ankommen!“

Und sie versanken in einem leidenschaftlichen Kuss, der süß wie Schokolade schmeckte!

Esther Wäcken

Tiefseeweihnachten

(Weihnachtsgeschichte 2022)

Es war einmal ein Weihnachtsbaum. Sein ganzes Leben hatte er in der Baumschule verbracht, wo er aufgewachsen, groß und schön geworden war, sodass man ihn in diesem Jahr zur Weihnachtszeit schließlich gefällt und für seinen ihm angedachten Zweck verkauft hatte. Aufgeregt war er gewesen, unser Weihnachtsbaum, in welcher Stube der Menschen er nun bald stehen würde, wie man ihn schmücken würde. Doch sodann passierte etwas ganz und gar Außergewöhnliches. Der Weihnachtsbaum wurde nämlich an die Besatzung eines Schiffes verkauft, wo er im Bug an Deck stand und die Seeleute mit elektrischen Kerzen geschmückt darüber hinwegtrösten sollte, dass sie das Weihnachtsfest nicht daheim bei ihren Lieben verbringen konnten.

Was war es doch aufregend, so über das weite Meer zu schippern und rundum nichts als den endlosen Horizont zu sehen! Nein, dass hätte sich unser Weihnachtsbaum nie träumen lassen, als er noch mit all seinen Artgenossen in der Baumschule stand. Doch in der Nacht zu Heiligabend geriet das Schiff in einen heftigen Sturm. Riesige Wellen brandeten von vorn nach hinten über das gesamte Schiff hinweg und die Menschen waren samt und sonders zu sehr beschäftigt, um auch noch auf den Weihnachtsbaum achtzugeben. Und so geschah es, dass eine weitere, heftige Sturmböe den Weihnachtsbaum erfasste und ins tosende Meer hinab schleuderte. Da lag er nun, im eiskalten Wasser, wurde von den Wellen hin und her geschleudert und war schließlich so vollgesogen mit Wasser, dass er zu sinken begann.

Tiefer und tiefer ging es hinab. Der Sog nach unten wollte kein Ende nehmen und unserem Weihnachtsbaum schwanden schon die Sinne. Immer dunkler und kälter wurde es um ihn her. Würde sein Fall in dieser endlosen Schwärze denn nie ein Ende nehmen?

Als er schon gar nicht mehr damit rechnete, verspürte der Baum plötzlich einen Rums unter dem Stumpf seines Stammes und er stand tatsächlich wieder auf festem Boden. Wo war er hier nur hingeraten? Umgeben von schwärzester Finsternis, grässlicher Kälte und einem Druck, dem er fast nicht standhalten konnte.

„Hallo!", wagte der Baum nach einiger Zeit mit zaghaftem, dünnem Stimmchen zu rufen. „Wo bin ich hier? Es ist so dunkel! Mir ist kalt und ich habe Angst!"

Zunächst schien es nicht so, als hätte irgendjemand diesen kläglichen Ruf vernommen. Doch da war ein kleiner Tiefseefisch, welcher den Baum schließlich doch erhörte. Da hatte jemand Angst allein in der Dunkelheit. Nun, dem konnte er abhelfen, denn wie viele Bewohner der Tiefsee konnte der Fisch sein ganz eigenes Licht entzünden. Und so begann er zu leuchten und schwamm in die Richtung, aus der er die Stimme vernommen hatte.

Der Weihnachtsbaum glaubte zunächst an eine Halluzination, als dieses leuchtende Wesen vor ihm auftauchte und ihn tatsächlich ansprach: „Hallo! Wer bist du denn und wie kommst du hierher?"

Bevor der Baum antworten konnte, kamen auf einmal weitere, bunt leuchtende Fische angeschwommen, angelockt von dem Licht des ersten Fisches. Und alle waren neugierig auf diesen ungewöhnlichen Gast und seine Geschichte. Also erzählte der Baum, wie er vom kleinen Sämling an mit vielen seiner Art in der Baumschule großgeworden war. Dazu bestimmt, einst als Weihnachtsbaum die Stuben der Menschen an diesem großen Fest, der Geburt des Erlösers, festlich geschmückt zu zieren. Die Sache mit dem Erlöser hatte der Baum zwar selbst nicht so ganz verstanden, aber es musste etwas Großartiges, ganz und gar Außergewöhnliches sein, wenn es den Menschen so wichtig war, dass sogar er, ein bescheidener Baum, dabei eine so zentrale Rolle spielte. Er erzählte von Sonne, Wind und Regen. Von den Vögeln, die so oft durch seine Zweige gehuscht waren, sogar ihre Nester dort gebaut hatten. Und zuletzt, wie ihn der Sturm vom Deck des Schiffes geweht hatte und er jetzt hier gelandet war.

Die bunt leuchtenden Fische hatten interessiert zugehört und dem Baum viele Fragen über die ihnen gänzlich unbekannte Welt außerhalb des Meeres gestellt. Zwar landete durchaus so einiges aus der Welt da oben hier unten bei ihnen, aber sie hatten nie etwas damit anfangen können. Und so erzählte und erzählte der Baum, wurde ganz schwindelig von all den vielen Fragen, die auf ihn einprasselten. Und während die Fische fröhlich durch seine Zweige tobten, so wie einst die Vögel an Land und dabei ihr Licht blinken und flackern ließen, welches jede Discobeleuchtung in den Schatten gestellt hätte, vergaß der Weihnachtsbaum die Dunkelheit, die Kälte und die Angst.

Ja, so kann es gehen, dass wir Licht und Liebe und Freundschaft auch in tiefster Dunkelheit finden, wo wir es nie vermutet hätten.

Ute Bünk

Neunte Weihnachten

Perfekt! Die Landschaft gleichmäßig überzogen von Puderzucker, gespickt mit zahlreichen Glitzerelementen. Bäume, Sträucher, Häuser, Straßen und Wiesen tragen einen weißen Mantel. Verborgen unter der stetig wachsenden flauschigen Schneedecke wird Friede-Freude-Eierkuchen vorgetäuscht. Die Schneedecke ist noch unberührt. Ich liebe es, als Erster meine Spuren zu hinterlassen. Vorsichtig drücke ich meinen Fuß, der im Schneestiefel wohlbehalten und warm aufgehoben ist, in die vollkommene Schneedecke. Wie einen Stempel. Sauge das Geräusch auf, das der Schnee von sich preisgibt, wenn er zusammengedrückt wird. Es knistert. Es knirscht. Den Fuß ziehe ich langsam heraus und betrachte den Abdruck. Das Profil des Stiefels erkennbar, nicht ausgefranst. Mache wie immer ein Foto vom ersten Schritt auf die unberührte Schneedecke. Zur Erinnerung an die Vollkommenheit. Trete nochmals in meinen Schneefußstempel und setze bedächtig einen Schritt nach dem anderen in die weiße Vollkommenheit. Genieße die Geräusche. Die des zusammengedrückten Schnees. Die des Windes. Genieße die sanfte Kälte auf meiner Haut.

Radau und Getöse stören meine Ohren, Zigarettenqualm belästigt meine Nase. Meine Augen sehen wieder klar. Sie hatten etwas Erholung, da sie mit meinem inneren Auge auf Reisen gegangen waren, in die Vergangenheit, in schöne, angenehme Zeiten. Auslöser für diese innere Reise war der Blick aus meinem Fenster auf den Gefängnishof, versteckt unter frisch gefallenem Schnee.

Die Verwaltungsabläufe hatte ich endlich hinter mich gebracht. Ich blieb stehen. Konzentrierte mich, um diesen Schritt bewusst zu vollziehen. Denn für mich war dieser Schritt sehr wichtig. Aufmerksam hob ich mein rechtes Bein und setzte meinen Fuß bedächtig hinter der Torschwelle auf den Boden. Ich spürte das Kopfsteinpflaster unter meinen Füßen und blieb nach einigen Schritten wieder stehen.

„Nicht umdrehen", hatte mir der Beamte am Tor noch zugeraunt.

Meine Anspannung löste sich etwas. Durch meine Nase zog ich die kühle Luft ein, spürte, wie sie meine Lungen füllte und beobachtete, wie beim Ausatmen mein Atem in der Luft eine weiße Spur hinterließ, die sich ins Nichts verlor. Ich bemerkte, wie sich die kalte Luft auf mein Gesicht legte, und ich genoss diesen Augenblick. Meine kurzen Kopfhaare erhoben sich ehrfurchtsvoll vor der Kälte.

Mittlerweile saß ich in einem Zug und schaute der vorbeischwebenden Landschaft zu, die aussah, als sei sie mit Puderzucker bestäubt. Ein ganz anderer Ausblick als der, den ich während der letzten acht Jahre in dem Haus, nach dem man sich nach seiner Entlassung nicht umdrehen sollte, genießen durfte. Jetzt konnte ich den Himmel sehen, ohne auf einen Stuhl klettern zu müssen. So wie die Landschaft an mir vorbeiflog, so flogen meine Gedanken in die Vergangenheit.

Meine frühere Welt war die Welt der Zahlen. Als Bilanzbuchhalter jonglierte ich mit Summen, bei denen es mir am Anfang schwindelig wurde. Mit der Zeit wurden Millionenbeträge für mich alltäglich. Die Beträge im privaten Bereich verkümmerten zu Peanuts oder wurden zur Portokasse degradiert. Irgendwann hatte ich den Bezug zur Realität verloren.

Systematisch hatte ich begonnen, Geld zu unterschlagen. Viel Geld. Es hatte lange gedauert, bis sie mir auf die Schliche gekommen waren. Meiner Frau hatte ich von dieser illegalen Möglichkeit, an Geld zu kommen, berichtet.

Sie schaute mich entsetzt an: „Könntest du dann noch jeden Morgen beruhigt in den Spiegel schauen? Mache es nicht. Denk auch an uns. Das ist das Risiko nicht wert! Und ich weiß von nichts!"

Ich versprach es ihr, na ja, hielt mich aber nicht daran.

Die Falle schnappte vor Weihnachten zu. Meine Frau hatte mir zum ersten Mal Schwedischen Julkuchen (Plätzchen) gebacken. Extra für mich. Ich bin gebürtiger Schwede, lebe aber schon lange in Deutschland, aber immer noch mit einer schwedischen Sehnsucht.

Meine Frau, unsere Tochter und ich waren in weihnachtlicher Stimmung. Es klingelte. Meine Frau öffnete die Tür und kam nach einigen Worten, die ich nicht verstanden hatte, kreidebleich in Begleitung mehrerer Herren in die Küche. Die Beschuldigung wurde im Beisein meiner damals elfjährigen Tochter kundgetan. Ich durfte einige Sachen zusammenpacken. Unsere Räume, unsere Schränke, alles wurde durchwühlt, auch die der Tochter. Privatsphäre gab es nicht mehr. Nicht für meine Frau, nicht für meine Tochter und nicht für mich. Eventuelle Beweismittel wurden beschlagnahmt.

Meine Frau und meine Tochter beobachteten totenblass das Geschehen.

Bei diesen Gedanken kamen mir im Zug die Tränen. Was hatte ich ihnen nur angetan? Den Blick meiner Frau werde ich nie vergessen. Und meine Tochter! Was hatte sie alles mitmachen müssen, und konnte nichts dafür. Ihr Umzug in eine andere Stadt, Verlust der Freunde, Schulwechsel, die Jobsuche meiner Frau … das alles hatte ich zu verantworten. Das kann ich nie wieder gutmachen.

Ein bewusster Blick aus dem Fenster auf die vorbeiziehende Landschaft zeigte mir, dass aus dem Puderzucker Schnee geworden war, sehr viel Schnee.

Mein Schweden.

Die Gerichtsverhandlung damals war ein Albtraum, der mich nachts heimsuchte. Schwer atmend und schweißgebadet wachte ich auf und war fast erleichtert, in diesem Haus zu sein. Da ich meine Schuld eingestanden und keine Vorstrafen hatte, wurde das geforderte Strafmaß zu meinen Gunsten nicht ausgeschöpft.

Meine Frau und meine Tochter besuchten mich nicht oft. Die Fahrt war zu weit und zu teuer. Aber sie standen zu mir. Meine Frau und meine Tochter. Jede Woche bekam ich von ihnen einen Brief. Sie schrieben über ihren Alltag, über Neuigkeiten und ließen mich so an ihrem Leben teilhaben. Einmal im Monat rief ich meine Frau zu einer vereinbarten Zeit an. Das riss mich in ein Loch, aus dem ich nur mühsam herausklettern konnte. Wie meine Frau sich danach fühlte, konnte ich nur erahnen.

Als Bilanzbuchhalter würde ich keinen Job mehr bekommen. Das war mir von Anfang an bewusst. Daher hatte ich die Chance, mich zum Bäcker umschulen zu lassen, ergriffen. Nach der Umschulung durfte ich in der Hausbäckerei arbeiten. So verdiente ich kleines Geld, weniger als die früheren *Peanuts* oder *Portokasse*.

Ich habe nie das Wort *Gefängnis* oder *Knast* in den Mund genommen. Auch in meinen Gedanken nicht. Für mich war das nur das *Haus* gewesen.

Die Frage nach meiner Fahrkarte holte mich wieder in den fahrenden Zug zurück. Der leere Griff in meine Jackentasche ließ mich erstarren. Fahrig durchwühlte ich meine Jackentaschen, spürte die abschätzigen Blicke der anderen Fahrgäste wie Blitze auf meiner Haut. Meine Hände hasteten suchend weiter. Da, in meiner Hemdtasche fand ich meine Fahrkarte und gab sie mit zitternder Hand dem Schaffner. Er bedankte sich und lächelte mir zu.

Ich beobachtete die Schneelandschaft, die sich sehr verändert hatte. Der Zug fuhr in einen Tunnel, und ich musste mein Spiegelbild im Fenster ansehen.

Könntest du dann noch jeden Morgen beruhigt in den Spiegel schauen? Die Frage, die meine Frau mir gestellt hatte. Kein Mal, kein einziges Mal konnte ich mein Spiegelbild sehen, ohne an diese Frage, diese Mahnung meiner Frau zu denken.

Die finanzielle Schuld werde ich mein Leben lang abtragen, damit kann ich leben. Aber kann ich die Schuld meiner Frau und meiner Tochter gegenüber abtragen? Wie kann ich damit leben? Diese Frage nagte an mir.

Trotz allem standen sie mir zur Seite. Sie haben mich nicht fallen lassen, sondern aufgefangen. Mein Wertesystem ist gehörig zurechtgerückt worden. Villa, Pool, dickes Auto, Schmuck für die Frau, protzige Uhren für mich, Kaviar, den ich übrigens nicht mag, Schampus. Bewundernde Blicke der Kollegen, zustimmendes Nicken des Chefs, Gratifikationen, nicht nur zu Weihnachten, immer mehr Geld scheffeln, am liebsten mit einem Bagger nach Hause bringen. Das alles ist nichts. Das alles ist nicht wichtig, zählt nicht. Absolut nicht. Was zählt, war und ist meine Familie.

Aufgeregte Betriebsamkeit im Zug brachte meine Gedanken ins Jetzt zurück. Mein Herz begann zu hämmern. Auf der Stirn bildeten sich kleine Tröpfchen Schweiß, wie Morgentau. Am nächsten Bahnhof durfte ich aussteigen.

Ob sie mich wirklich abholen würden?

Der Zug wurde langsamer. Mein Herz schlug schneller.

Auf dem Bahnsteig schaute ich mich suchend um. Vor mir standen plötzlich meine Frau und meine Tochter. Ich strahlte über das ganze Gesicht. Lang vermisste Wärme durchflutete meinen Körper. Ich stutzte. Etwas stimmte nicht. Meine Frau schaute mich an. Wütend von der Haarspitze bis in den kleinen Zeh. Ich erwartete einem weiblichen Hulk zu begegnen. Da traf mich schon ihre Hand und verpasste mir die Ohrfeige meines Lebens, begleitet von einer kraftvollen und energischen Stimme, die mir entgegen schleuderte: *Ich hatte Recht! Du hattest es mir versprochen! Du hast dich nicht daran gehalten!*

Ein Häufchen Elend war ich und stammelte: *Eeess tuuut mmmir lleid! Jaaa, dddu hattest Recht! Bbbbitte verzeiht mmmir!* Meine Frau schaute mich leicht entschuldigend an und fiel mir mit meiner Tochter um den Hals. Viele Freudentränen machten sich auf den Weg. Zwischendurch war ein Alles-ist-gut zu hören. Wir standen auf dem Bahnsteig und schauten uns an. Meine Frau griff in ihre Tasche und zauberte ein Tütchen mit selbstgebackenen *Schwedischen Julkuchen* hervor. Meine Tochter lächelte mich an und hielt mir ein Tütchen mit selbstgebackenen *Schwedischen Julkuchen* vor die Nase. Ich lachte und holte aus meiner Tasche ebenfalls eine Tüte mit selbstgebackenen *Schwedischen Julkuchen.*

Ich habe es geschafft. Ich bin zu Hause. Nach acht traurigen Weihnachten. Mein neuntes Weihnachten wieder mit meiner Familie. Es gibt noch viel, über das gesprochen werden muss. Aber das schaffen wir.

Vereint sitzen wir im Wohnzimmer, bewundern den Weihnachtsbaum. Schauen durchs Fenster auf den fallenden Schnee. Leise Weihnachtsmusik unterbrochen von mmh…

Wir öffnen die Tür. Meine Frau, meine Tochter und ich treten hinaus. Perfekt! Die Landschaft gleichmäßig überzogen von Puderzucker, gespickt mit zahlreichen Glitzerelementen. Bäume, Sträucher, Häuser, Straßen und Wiesen tragen einen weißen Mantel. Die Schneedecke ist noch unberührt. Wir lieben es, als Erste unsere Spuren zu hinterlassen. Vorsichtig drücken wir gleichzeitig unseren rechten Fuß, der im Schneestiefel wohlbehalten und warm aufgehoben ist, in die vollkommene Schneedecke. Wie einen Stempel. Saugen das Geräusch auf, das der Schnee von sich preisgibt, wenn er zusammengedrückt wird. Es knistert. Es knirscht. Den Fuß ziehen wir langsam heraus und beobachten den Abdruck. Das Profil des Stiefels erkennbar, nicht ausgefranst. Mache von den drei Abdrücken vom ersten Schritt auf die unberührte Schneedecke ein Foto. Zur Erinnerung an die Vollkommenheit.

Schwedische Julkuchen (aus „Backvergnügen wie noch nie", GU, 1984)
Zutaten für ca. 100 Stück: 250g Butter, 120g Zucker, 1 Ei, 400g Mehl, 1 TL Backpulver, ½ TL Salz; 1 Eiweiß, ¼ Tasse grober Zucker, ¼ Tasse gemahlener Zimt
Butter, Zucker und Ei schaumig rühren. Das gesiebte Mehl und Backpulver mit dem Salz nach und nach unter die Buttermasse kneten. Die Teigkugel eingewickelt drei Stunden ruhen lassen. Den Backofen auf 200° vorheizen. Den Teig dritteln. Die Teigportionen nacheinander verarbeiten. Nur die jeweils benötigte Portion aus dem Kühlschrank holen und auf einer bemehlten Fläche etwa 3 mm dick ausrollen. Runde Plätzchen von ca. 6 cm Durchmesser ausstechen, auf ein Backblech legen, das Eiweiß verquirlen, die Plätzchen damit bestreichen, mit Zimt-Zucker bestreuen und auf der mittleren Schiene 8-10 Minuten backen.

Sigrid Liebenspacher-Helm

Kleiner Engel

Als sie das erste Mal zu dem kleinen Haus kam, fand sie seinen Eingang verborgen hinter einem verwitterten Spaliergang, dessen Holz mit dem kahlen und dichten Geäst von wildem Wein eine Einheit bildete. Im Sommer müsste das ein regelrechter Dschungel sein, Schutz bietend vor neugierigen Blicken, dachte sie. Aber jetzt war Winter, ein Fensterladen hatte den Halt durch sein Ladenmännchen verloren und schlug bisweilen an die Hauswand. Die niedrigen Fensterbänke fielen ihr auf, selbst ein Kind könnte ohne große Mühe ins Fenster hinaufklettern. Und doch schien von dem Haus eine Sicherheit auszugehen, wie es dalag. An der ruhigen und steilen Seitenstraße, auf felsigem Untergrund, wie in dem Exposé beschrieben war zur Erklärung, warum nur ein einziger und winziger Kellerraum vorhanden war. Sie wunderte sich, dass ihr das Haus davor noch nie aufgefallen war. Genau so etwas hatte sie gesucht, genau das.

Der Makler, der es ihr angeboten hatte, tat sich bei der ersten Besichtigung schwer, die Haustür aufzuschließen. Er sei sich unsicher, ob er überhaupt den richtigen Schlüssel dabeihätte, meinte er nach einigen vergeblichen Versuchen, reichte ihr den Schlüsselbund, sie solle einmal ihr Glück probieren und nannte es „ein gutes Zeichen", als sie problemlos die Tür aufschließen konnte. „Vielleicht ein guter Geschäftsmann", dachte sie.

Acht Jahre lang hatte das Haus leer gestanden, vom Bruder der verstorbenen Frau, die hier zuvor gewohnt hatte, regelmäßig gelüftet und gerade so viel beheizt, dass das Haus den Winter hindurch keinen Schaden nahm. Nichts hatte der Bruder verändert, und so sah sie ein Haus, das darauf zu warten schien, dass die Hausherrin jeden Moment wieder zurückkäme, vom Einkauf oder einem Besuch bei der Nachbarin. Sie wäre mir sympathisch gewesen, war ihr Eindruck, als sie das Innenleben der Räume wahrnahm, als der Makler und später der Bruder, ihr von der vorherigen Hausbesitzerin erzählten. Die Bilder und Bücher zeugten von ihren vielfältigen Interessen, ihre besondere Liebe jedoch hatte dem Kongo gegolten. Dahin sei sie immer wieder gereist, ganz allein als Frau unterwegs. Ob beruflich oder privat, sie hatte den Bruder gar nicht danach gefragt. Seine Schwester war gestorben, plötzlich, erst Mitte sechzig.

Der Bruder räumte das Haus leer, und sie half ihm ein wenig, sortierte aus, warf das ein oder andere weg, wertlos Gewordenes und Abgenutztes, Gegenstände des Alltags wie angeschlagene Blumenübertöpfe, alte Zeitungen, ein Sammelsurium aus Einzelteilen von Tassen und Tellern. Der Bruder schenkte ihr so manchen Gegenstand seiner Schwester, ihre Nähmaschine oder eine Zelluloidpuppe, die ihm selbst als Kind gehört hatte und die bei seiner Schwester geblieben war. Ihre Schuhe, die wohl noch genau da standen, wo sie von der Hausherrin ausgezogen worden waren, nahm sie mit nach Hause und entsorgte sie. Der Bruder ließ die Möbel abtransportieren, und das Haus stand leer. Sie ging mit Besen und Putzlappen nur oberflächlich über die Böden, denn bald würden die Handwerker mit der Renovierung beginnen. Nur an einem großen Fleck auf der steilen Holztreppe hinauf ins ehemalige Schlafzimmer im Dachgeschoss musste sie sich mit Wasser und grober Bürste länger zu schaffen machen, um den hartnäckigen Fleck, rostrot und wie eingetrocknete, zähflüssige Farbe, wegzubekommen, und sie wunderte sich, was hier verschüttet worden war.

Noch in derselben Woche stand der Schornsteinfeger vor der Tür. Von ihm erfuhr sie, dass es das Blut der vorherigen Hausherrin gewesen sein musste, das sie abgekratzt und aufgewischt hatte. Der Schornsteinfeger kannte das Haus schon lange und schilderte, dass er den Blutfleck gesehen habe und dass der Bruder es all die Jahre nicht fertiggebracht habe, das Blut zu entfernen. Zu schlimm sei für ihn gewesen, so habe er dem Schornsteinfeger anvertraut, wie seine Schwester zu Tode gekommen war. Sie sei auf der Treppe gestürzt, und die Vorstellung habe ihn gequält, dass sie womöglich stundenlang bis zu ihrem Tod allein da gelegen habe, schwer verletzt.

Und sie hatte die Schuhe der armen Frau in die Mülltonne geworfen! Aber die Tonne für den Restmüll war noch nicht geleert worden. Als müsse sie sich entschuldigen, holte sie die Schuhe, die mittlerweile unter einigen Mülltüten verschwunden waren, wieder aus der Tonne heraus, säuberte sie, trug Schuhcreme auf und polierte sie. Vielleicht würden sie noch einmal von jemandem getragen werden, dachte sie, als sie die Schuhe in einen Sammelcontainer gab.

Die Renovierung hatte zügig begonnen. Es war noch immer Winter und morgens noch dunkel, wenn sie als Erste ins Haus kam, um für die Handwerker aufzuschließen. Nach dem Gespräch mit dem Schornsteinfeger fürchtete sie sich in den darauffolgenden Tagen ein wenig, wenn sie das dunkle Haus betrat, und spontan und ohne darüber nachzudenken, rief sie in Gedanken der Verstorbenen beim Öffnen der Haustür zu,

„ich bin es!", so, als müsse sie sich bemerkbar machen, um niemanden zu erschrecken.

Die Wände im Haus waren schließlich kahl bis auf den blanken Putz und der Boden war wadenhoch übersät von losem Mörtel und den alten und fahl gewordenen Tapeten. Heute sollte der ganze Tapetenmüll endlich in den Container. Sie war allein im Haus, aber gleich würden die Arbeiter kommen, um alles zu entsorgen. Da fiel ihr etwas ins Auge, und als sie sich bückte, war es ein Anhänger, ein kleiner Engel aus Emaille, an eine hauchdünne Goldschnur gebunden. Sie hob ihn auf, betrachtete ihn. Vielleicht war er ein Überbleibsel einer Weihnachtsdekoration? Vielleicht war er einmal über einen Nagel an der Wand gehängt worden, den Nagel eines Bildes oder eines Kalenders, damit er nicht verloren gehen sollte? Und jetzt hatte sie ihn gefunden. Draußen hörte sie ein Auto anhalten, Autotüren wurden zugeschlagen und Stimmen und Schritte näherten sich. Sie öffnete den Arbeitern die Tür, in der Hand ihren kleinen Engel umschlossen und froh, dass er in diesem Haus bleiben würde.

Johannes Simmet

Winterliebe

Weiße Nächte. Draußen liegt Schnee, drinnen Valentin – in Noras Armen. Sie leuchtet wie eine Winterlandschaft im Mondlicht und scheint aus der Welt da draußen zu kommen, so leuchtet sie. Und sie wärmt ihn, was ihn immer noch und immer mehr erstaunt, denn aus der Distanz wirkt sie ein wenig kühl.

Valentin und Nora sind ein Paar. Noch nicht lange, ein paar Monate erst. Es war Ende November, als sie sich am Seeufer trafen, im ersten Schneetreiben, erstaunlich früh für eine Zeit, in der der Klimawandel die Winter vor der Zeit schmelzen lässt. Ein Winter wie in diesem Jahr, scheint ihm, ist die Ausnahme, wie seine Geliebte. Dass sie sich trafen, war nur dem frühen Schnee zu verdanken. In seiner Begeisterung bildete er sich ein, dass Nora mit den ersten Flocken vom Himmel fiel, als er eben vorbeiging. Dabei war sie nur ausgerutscht und er half ihr hoch.

Valentin war und ist begeistert! Immer wieder, wie beim ersten Mal! Er konnte sich nicht losreißen, sah sie lachen im Treiben der Schneeflocken, in dem sie sich schier auflöste. Wen wundert es, dass er sie wiedersehen wollte!

Die folgenden Tage treffen sie sich am See, den allmählich dickes Eis bedeckt. Sobald es dick genug ist, laufen sie auf Schlittschuhen weit hinaus, überzeugt, dass es sie trägt, obwohl es immer wieder bedrohlich knackt. Sie beruhigt ihn, wenn er trotz sicheren Wissens zusammenzuckt, dies sei ein gutes Geräusch, sagt sie, ein gutes Zeichen. Dann dreht sie ihre Pirouetten, verschwindet in einem weißen Wirbel, bis sie stoppt und für ihn wieder sichtbar wird. Welche Anmut, denkt er, welche Eleganz! Er klatscht Beifall, stolpert ihr nach, wenn sie ihn auffordert, ihr zu folgen und mit wenigen Schritten weit voraus ist. Fällt er, hilft jetzt sie ihm auf.

„Mein Dank für den Anfang und für jeden Augenblick danach", sagt Nora und ihr Atem verbindet sich zu einer einzigen Wolke. Sie sind glücklich.

Doch etwas irritiert ihn: Eines Nachmittags – es beginnt früh zu dämmern – kehren sie von ihrem Ausflug zurück, gehen ein Stück am Ufer entlang und treffen auf Valentins ehemalige Lehrerin, die mit Mann und Hund unterwegs ist. Er wird herzlich begrüßt, von Nora nimmt man kaum Notiz. Sie ist ein paar Schritte weitergegangen, bleibt dann stehen und wendet sich zur Gruppe, so, als wolle sie nicht stören, jedoch bereit, zurückzukommen, falls man sie dazu auffordert. Sie wartet vergeblich. Nur der Hund schnüffelt um sie herum, bellt ein paar Mal in ihre Richtung, lässt dann von ihr ab. Was er denn so mache, will die Lehrerin wissen. Studium? Beruf? Ob er immer noch so eine blühende Phantasie habe wie damals zu Schulzeiten, sie erinnere sich noch an einige tolle Geschichten von ihm! „Toll", sagt sie, Valentin weiß nicht, was sie damit meint. Und die anderen aus seiner Klasse? Während des Gesprächs schaut Valentin immer wieder nach Nora. Als er sie nicht mehr sieht, obwohl die Straße lang und gerade ist, verabschiedet er sich.

Erst allein sieht er sie wieder. Er bittet um Nachsicht. Es sei nicht wichtig, sagt sie, die Leute seien ihr gleichgültig, sie kenne hier ja niemanden. Er gibt ihr recht und geht dennoch nachdenklich weiter. Hat nicht seine Vermieterin gestern erst gefragt, warum er immer noch allein wohne? Dabei wohnen sie Tür an Tür ... Fest drückt er Noras Hand, lässt sie auf dem weiteren Weg nicht mehr los.

Sie gehen durch eine schöne Allee am Seeufer. Es ist dunkel geworden, doch erhellen Lichter die Nacht, Kerzen in Laternen werfen einen schwachen Schein auf Tannenzweige, flackern bisweilen auf und verbreiten so sogar den Eindruck von Wärme. Die Häuser liegen etwas erhöht, zurückversetzt, überall Vorgärten, Auffahrten zu Garagen und Wege zu den Haustüren. In einem der Vorgärten sehen sie einen Schneemann. Der macht einen guten Eindruck, um ihn herum spielende Kinder, für Valentin, trotz des Geschreis, ein idyllisches Bild. Nicht für Nora, sie schüttelt den Kopf. „Er kann nicht laufen, kann sich nicht bewegen", sagt sie, „wie soll er überleben, wenn er nicht laufen kann? Es müssen ja nicht gleich Flügel sein! Aber so!?" Valentin versteht nicht, wovon sie spricht, sieht nur kleine Kristalle in den Schnee fallen. Dann schaut sie nach Westen und als die Sonne untergeht, versiegen die Tränen und sie lacht ihr herzliches Lachen: „Aber heute ist alles gut, heute muss er nicht laufen. Die Nacht ist weiß und hell und nicht zum Schlafen da. Komm!" Kaum im Bett, zeigt sie ihm, was sie meint, so überzeugend, dass er alles begreift und nicht genug begreifen kann.

Und dann schläft sie doch, legt noch im Schlaf ihre Arme um ihn und leuchtet mit dem Schnee draußen vor dem Fenster um die Wette. Vorsichtig macht er sich los und schaut mit Abstand auf beide: auf die Schlafende und auf das Land unter der weißen Decke, die im Mondlicht etwas vergilbt erscheint, wie ein Leichentuch, denkt er.

Am nächsten Tag wird Nora kaum wach. Es ist spät, die Sonne steht hoch und wärmt wie noch nie in diesem Jahr. Sie hat Kopfschmerzen, die sonst so strahlend weiße Haut ist fahl. Sie schleppt sich unter die Dusche, lebt unter dem kalten Wasserstrahl etwas auf. „Das brauch ich jetzt, sonst komm ich nicht auf die Füße", sagt sie und lässt die Tür offen. Er sieht den Schaum auf ihrer Haut, sieht, wie sie sich verjüngt, so sehr, als wäre sie neu geboren. Auch ihre Augen laden ein.

Als er später vom Einkauf zurückkommt, ist sie weg. Erst am Abend, das Thermometer ist wieder deutlich gefallen, steht sie frisch und fröhlich vor der Tür. „Was war das heute?", will er wissen, und noch ehe sie antwortet, kommt ihm ein Verdacht. „Vergiss es, Liebster!", sagt sie, „es ist halb so schlimm. Ich hab öfter mal Migräne, vor allem bei Fön. Doch jetzt geht es mir wieder gut." Sie umarmt ihn und er drückt sie fest, wie aus Angst, sie zu verlieren.

Und diese Angst verliert er in den folgenden Tagen nicht mehr, denn Tauwetter ist angesagt und tagsüber bleibt seine Liebe verschwunden. Warum nur, sie ist doch nicht aus Schnee und Eis, wie der Mann da unten am Seeufer? Der hat deutlich an Fasson verloren. Schon liegen die Knöpfe seines Mantels im Matsch. Der Rest wird folgen, fürchtet Valentin, als er ein letztes Mal an ihm vorbeigeht. Doch das ist kein Mensch, obwohl ein Hund ihn anbellt, als würde er mitfühlen und ihn auffordern in kältere Weltgegenden zu verschwinden. Das ist kein Mensch und das ist kein Vergleich! Hat er denn nicht einen Körper aus Fleisch und Blut in den Armen gehalten? In Augen voller Verlangen geschaut? Lippen geküsst, über die intimste Zärtlichkeiten kamen?

Trübe Tage sind das, doch nach Sonnenuntergang klopft es, er öffnet und wird jedes Mal stürmisch umarmt, als sei das jetzt der endgültige Abschied, als ginge mit dem letzten Schnee ihre Welt unter. Immer später klopft es, auch wenn sich die nächtliche Kühle noch leicht gegen die aufgewärmte Luft behauptet. Doch, wie lange noch? Und die Nächte werden nicht nur milder, sondern auch kürzer, drohen schon, in ihren Augen, die mehr und mehr verwässern, in ihren Armen, die nicht mehr leuchten.

Und dann kommt die Kälte zurück, noch einmal wird das Land weiß und der See friert erneut zu. Sie sind weit draußen, ihre Kufen schneiden tiefe Rillen ins Eis. Es knirscht, aber sie hören es nicht, ihr Lachen ist lauter und ihre Küsse machen sie taub für die Welt. Es gibt offene Stellen, doch sie sehen sie nicht. Schneewittchen ist blendend schön wie am ersten Tag, er hat nur noch Augen für sie und wär ihr überallhin gefolgt, eben auch an die Stelle, wo sie einbrachen.

Was genau geschah, weiß niemand. Er verlor das Bewusstsein, muss mit dem Kopf auf das Eis aufgeschlagen sein. Wie man ihm im Krankenhaus erzählt, lag er am Rand der Wasserstelle, als ihn Spaziergänger fanden, die sich wie er noch einmal auf den See gewagt hatten. „Sie hatten Glück", sagt die Ärztin, „dass Sie nicht in das Loch gestürzt sind, sonst lägen Sie jetzt auf dem Grund, niemand hätte etwas bemerkt." Sie hält kurz inne, dann schaut sie ihn nachdenklich an: „Ich kann es mir nicht erklären, aber vielleicht hatten Sie nicht Glück, sondern einen Schutzengel." Valentin fragt nach Nora. Erstaunter Blick! „Sie waren allein, als man sie fand. Doch wenn Sie sagen, es war jemand bei Ihnen, sollten wir das der Polizei melden."

Am nächsten Tag besucht ihn ein Kommissar. Man habe tauchen lassen, in weitem Umkreis der offenen Wasserstelle aber keine Leiche entdeckt. Es könne natürlich sein, dass Strömungen sie erfasst haben, dann werde man sie erst entdecken, wenn der See endgültig aufgetaut ist. Der Kommissar will mehr über Valentins Geliebte wissen – Name, Anschrift, ihre Beziehung – und der Befragte muss feststellen, dass er dazu wenig sagen kann. Er kann ihm doch keine Märchen erzählen. Plötzlich ist er verdächtig, so oder so. Käme eine Tote zum Vorschein, würde man ihren Tod untersuchen und seine Rolle dabei. Würde keine Leiche auftauchen, was naheliegend sei, da keine Vermisstenanzeige vorliege, wäre er ein Fall für die Psychiatrie. Der Mensch nimmt seine Personalien auf und verabschiedet sich mit prüfendem Blick auf Valentins Kopfverband.

Nichts und niemand taucht auf. Seine Winterliebe bleibt verschwunden. Da er nicht weiter behauptet, in Begleitung gewesen zu sein, lässt man ihn in Ruhe, deutet seine Aussage im Krankenhaus als Folge des Sturzes.

Inzwischen ist Sommer. Valentin geht oft am See spazieren oder in ihm schwimmen oder fährt mit dem Boot hinaus. Nachts steht er am Fenster seines Schlafzimmers, vor allem bei Vollmond. Die Landschaft liegt dann hell im Mondlicht und die Bäume werfen schöne Schatten. Und manchmal sieht er eine weiße Gestalt, reglos, doch, wie er meint, mit Blick auf ihn. Er weiß, dass er davon nicht reden darf. Und so wartet er, bis die Blätter fallen und die Temperatur und irgendwann auch wieder der erste Schnee!

Gerhard J.S. Bunk

Winter 2025 – Urlaub im Dünen-Palast

Es könnte nicht schöner sein! Mit meiner Freundin Isabel sitze ich an der Dünen-Bar. Sie nippt an einem rot-orangen Longdrink und vor mir steht eine erfrischende Caipirinha. Unsere Hände berühren sich ganz entspannt. Der kleine Pool mit Wasserfontäne etwas unterhalb der Bar wird täuschend echt von einem Palmenstrand eingerahmt, der die Illusion von Karibik vermittelt. Kerzen und Kugeln an einer Palme erstrahlen im Discolicht. Dahinter erhebt sich eine echte Sanddüne, steil ansteigend, über eine Fläche in der Größe zweier Fußballfelder. Zahlreiche Freaks surfen auf ihren Brettern die Düne hinunter und geben ihrer Freude lautstark Ausdruck. Andere stürzen sich mit umgebauten Schlitten auf einer Art Rodelbahn den Sandhügel hinunter.

Als Freund des Wintersports erinnere ich mich an Bilder von winterlichen Horner Rennen in einigen Alpendörfern – eine echte Herausforderung! Der „Pilot" hier sitzt vorne auf dem Schlitten und gleitet mit stabilen, großflächigen Schneeschuhen an den Füßen über den Sand und bestimmt damit Richtung und Tempo des Gefährts. Gekleidet sind die Surfer und Rodler sommerlich bunt wie bei einem Badeurlaub mit dem kleinen Unterschied, dass alle einen Schutzhelm tragen.

Der Clou: Das ganze Szenario befindet sich in einer riesigen zeltartigen Halle, die wie ein Palast die Düne, den Pool und die Bar umschließt – ein Dünen-Palast.

„Wie in dem Ski-Dome in Dubai", meint Isabel beeindruckt. Schaut man seitlich aus den Panoramafenstern, öffnet sich ein fantastischer Ausschnitt der Allgäuer Alpen mit Kratzer und Trettachspitze im winterlichen Kleid. Wir fühlen uns wie in einer Oase.

Langsam senkt sich die Dämmerung über das Tal und einige Skifahrer der nahegelegenen Pisten drängen in dem beheizten Dünen-Palast an die Bar. Paul, so hat sich der Barmann vorgestellt, bedient seine Gäste gelassen und hat immer eine freundlich ironische Bemerkung für ungeduldige Gäste parat. Sein besonderer Gag: Statt mit Eis kühlt er die Getränke mit Schneekristallen, die er aus einem Kübel schöpft. „Das gibt den besonderen Geschmack!" klärt er uns hochdeutsch auf und schmunzelt dabei hintergründig.

Neben uns an der Bar haben inzwischen ein Skilehrer, seine attraktive Kollegin und ein arabisch gekleideter Mann Platz genommen. Aus Gesprächsfetzen verstehe ich, dass der Mann aus dem Osten etwas mit dem Bau dieser Anlage zu tun hat und morgen gerne die andere Seite kennenlernen möchte, das Skivergnügen im Freien.

Isabel genießt die Stimmung und nebenbei fällt für mich ein kleines Lob für die Wahl dieses Urlaubszieles ab. Wie es dazu kam? Es sollte ein Ski- und Langlaufurlaub werden für mich, meine Freundin dagegen wollte unbedingt in die Wärme – Afrika oder Brasilien. Um weiteren nervenden Diskussionen aus dem Weg zu gehen, begab ich mich auf die Suche. Wenige Klicks im Internet unter „Schnee und Strand" führten zum Erfolg. Das Angebot versprach: Schnee, Sand, Wärme und kühle Drinks unter Palmen – ein Traum! Und noch dazu im eigenen Land! Das Urlaubsglück für zwei „Nordlichter" konnte beginnen.

Die Antwort der Dame meines Herzens auf meine begeisterte SMS hierzu waren drei Fragezeichen. Unverdrossen recherchierte ich weiter und rief die Touristikinformation im Allgäu an.

Eine junge, weibliche Stimme erkundigte sich bedächtig nach meinen Wünschen und bestätigte mir im Verlauf des Gespräches alle meine Erwartungen: „Ja, wir bieten ein umfangreiches Pistenangebot für alle Wintersportarten und für Wärmefreaks eine künstliche Düne, die von einem beheizbaren Zelt überdacht ist. Die Sanddüne, aufgeschüttet aus besonders gleitfähigem Saharasand, eignet sich zum Sandsurfen und mit einem dafür konstruierten Schlitten auch als Rodelbahn. Die Abfahrt, die immerhin dreihundert Meter beträgt, endet an einer Palmenoase mit Dünen-Bar."

Beeindruckt von solcher Innovationsenergie und Allgäuer Kreativität zunächst sprachlos, wage ich einen ökologischen Einwand gegenüber der freundlichen Dame am Telefon.

„Das kennen wir schon", beruhigt sie mich. Unsere Antwort auf den Klimawandel heißt ‚Schnee und Sand'. Damit garantieren wir Pistenvergnügen das ganze Jahr und unabhängig vom Wetter. Außerdem verwenden wir für unsere Anlage nur Strom aus erneuerbaren Energien, dies wird sogar von Kritikern der künstlichen Beschneiung von Skipisten anerkannt.

Nebenbei erfahre ich auch die organisatorischen Details dieser besonderen Art den „Winter in den Bergen" zu verbringen. Selbstverständlich könne man alle Skigeräte ausleihen, außerdem gäbe es Stunden-, Tages- und Kombikarten sowie besondere Arrangements für Schnee- und Sand-Fans.

„Wissen Sie, wir können den Klimawandel nicht aufhalten, aber mit unseren Angeboten machen wir das Beste daraus für unsere Gäste." „ Das will ich sehen", denke ich mir und überzeuge auch Isabel.

Vier Wochen später packen wir unsere Sachen ins Auto und fahren gegen Süden. Neben unserer umfangreichen Winterausrüstung kommen noch Strandkleidung und Badesachen für das angepriesene „Meer der Wonne" in die Koffer. Und jetzt sitzen wir hier an der Bar!

Unser Araber im traditionellen Kaftan – er spricht übrigens ausgezeichnet Deutsch – und seine Partner haben sich inzwischen richtig warm geredet und wir bekommen einige weitere Gesprächsfetzen mit: ... Strom aus regenerativen Energien ... gute Verzinsung ... Tourismus ankurbeln ... Alternative zu FIS-Rennen ... Weltcupslalom auf der Düne ... Es geht also um Geschäfte, was mich nicht weiter verwundert, denn die Scheichs investieren gerne in Deutschland, warum also nicht im Allgäu?

„Scheich müsste man sein", bin ich mit Isabel einig. Das Gespräch interessiert mich und auch meine Freundin, die offensichtlich erfolgreich Blickkontakt mit dem Scheich aufgenommen hat. Das gefällt mir weniger, verstehe ich aber gut beim Aussehen meiner Freundin! Dennoch mische ich mich in das Gespräch ein, stelle mich als Journalist vor und sofort öffnet sich die Runde bereitwillig.

„Mich interessiert besonders, wie die Bevölkerung im Allgäu diesen Dünen-Palast angenommen hat." Damit gebe ich der Unterhaltung eine neue Richtung.

Aus den Mienen der Einheimischen lese ich Skepsis. „Der Anfang war ziemlich schwierig", erfahre ich und es habe große Auseinandersetzungen gegeben. Inzwischen seien die paar Windräder akzeptiert, die für die Stromgewinnung notwendig gewesen waren. Sie sind sogar leiser als Schneekanonen und außerdem verschönern Lifttrassen oder Gipfelhotels die Landschaft auch nicht gerade", meint Anna, die Skilehrerin. Dann sagt sie noch bedeutungsvoll: „Geld stinkt nicht!"

Die letzten Sonnenstrahlen berühren gerade noch einige Bergspitzen und die Unterhaltung geht zum Alltagsplausch über. Der Dünen-Palast erstrahlt im Flutlicht und auf der Sanddüne tummeln sich immer mehr Sportler.

„Ihr solltet das unbedingt ausprobieren", ermuntert uns Anna. „Warum eigentlich nicht", unterstützt sie der Scheich.

Und so entsteht nach weiteren Drinks die Idee, die Dünen-Rodelbahn einmal zu testen. Die Ausrüstung wird von den Skilehrern rasch besorgt und schon stapfen wir zu fünft den Sandhügel hinauf, während unser „Familienschlitten" von einem kleinen Schlepplift hochgezogen wird.

Ali, wie sich der Scheich der Einfachheit halber nennen lässt, bindet jedem noch einen Turban mit wüstenerprobtem Sandschleier über den Helm, um Nase und Mund bei der Abfahrt zu schützen. Max, der andere Skilehrer, sitzt vorne und übernimmt das Kommando. Wir anderen klammern uns an dem Gefährt fest, nachdem wir es vorher, ähnlich wie beim Vierer-Bob, angeschoben haben. Max steuert direttissima nach unten und der aufgewirbelte Saharastaub nimmt uns fast die Sicht. Ich sehe uns schon im Wasser vor dem Palmenstrand eintauchen, doch Max, der Profi, bringt den Schlitten noch rechtzeitig zum Stehen. Wir fühlen uns wie in Sand gebadet. Deshalb beschließen wir gleich eine weitere Abfahrt. Zuvor aber wollen wir noch die Sand-Alp am oberen Ende der Düne aufsuchen.

Dort begrüßt uns das Maskottchen des Dünen-Palastes, sehr originell maskiert und ein wenig aufgeplustert. „Unser Schnuh", stellt Anna das hühnerartige Wesen vor. „Wissenschaftlich: Lagopus oder Schneehuhn. Das etwas plumpe Tier kommt normalerweise oberhalb der Baumgrenze vor, man bekommt es aber nur selten zu Gesicht", erklärt sie lehrerhaft. Wir lassen uns von dem sehr menschlichen Schneehuhn umarmen und werden mit dem folgenden Begrüßungslied und einer entsprechenden Geste in die Alpe geleitet:

O Täler weit, o Höhen,
O schöner, goldener Sand
Du meiner Lust und Wehen
Macht einen Euro auf die Hand!

(frei nach Eichendorff)

Nach der Einkehr wagen wir uns an die zweite Abfahrt über die Düne, die trotz eines Sturzes glimpflich abläuft. Ali verabredet sich mit seiner Skilehrerin für den nächsten Tag zum Skifahren auf der Piste.

„Und danach gibt es ein Date auf der Düne", ruft er noch Isabel erwartungsvoll zu.

Darauf kontert Anna: „Ziah moan au was gscheits a, damit it d vo fliagsch in deim gschpäsige Häs und nimm a warme Kabbe mit, sonscht friarsch d no d`Oara ab!"

Katja Baumgärtner

Die stille Nacht

Drei Tage vor Weihnachten. Die Weihnachtsvorbereitungen sind auf Hochtouren. Alles Wichtige ist gemacht. Kleinigkeiten verfeinern das Fest. Tannenbaum geschmückt, Weihnachtsplätzchen gebacken, die letzten Weihnachtsdekorationen werden angebracht. Weihnachtstischdecken zieren den Tisch. Teeleuchten stehen auf einer Platte mit Ziersteinen.

Es fängt an zu schneien. Schnee hoch und höher werdend.

„Mama!" Katharina schubst ihre Mutter an. „Schau mal aus dem Fenster. Das wird eine weiße Weihnacht dieses Jahr. Yieppi!" Mama freut sich ebenfalls und stimmt das Lied „Schneeflöckchen, Weißröckchen" an. Katharina singt mit und lächelt dabei. Die Stimmung wird immer feierlicher. Endspurt!

Es schneit und schneit. Die Schneeflocken fallen leise auf die Straßen, Wiesen und Felder. Der Schnee bleibt liegen und zwar überall. Die Sträucher füllen sich mit Schnee. Die Zweige hängen von dem vielen Schnee herunter. Morgen muss Katharina das Trottoir frei schippen.

Das Heidekraut ist natürlich mit Schnee bedeckt. Die junge Frau befreit es von der Schneemasse. Hinter dem Haus sieht man eine weiße Schneelandschaft. Die Weinberghäuser schauen nur noch heraus. Die Dächer der Häuser sehen weiß bemalt aus. Rauch steigt von den Kaminen der Dächer den Himmel empor.

„Mama, ich baue einen Schneemann und eine Schneemannfrau hinter unserem Haus. Dann sind wir nicht so allein!"

„Bist du nicht müde vom vielen Schippen?" Ihre Tochter verneint.

Katharina ist noch ohne Partner und ist 50 Jahre alt. Ihre Mutter Gertrud ist dieses Jahr 85 geworden.

Nachdem die beiden Figuren stehen, setzt Katharina dem Schneemann einen Hut von ihrem verstorbenen Vater auf und nennt ihn Erni. Der Schneemannfrau setzt sie eine alte, dicke Mütze auf den Kopf. Sie bekommt den Namen Klara. Sie erhält zwei Brüste und beide – Ernie und Klara tragen einen Schal und in der Hand haben beide einen Besen. Die Augen und den Mund macht Katharina aus Kieselsteinen und in der Mitte setzt sie als Nase eine Karotte. Die Karotten braucht Katharina für die Gänseschenkelsoße, aber zwei Karotten sind locker zu entbehren.

Gertrud lacht bei dem Anblick der Schneemänner. Der Tag neigt sich. Es wird dunkel.

„Rein jetzt, Katharina. Sonst liegst du an Weihnachten noch im Bett!"
Und schon ist Katharina im Haus und wärmt sich in einem Entspannungsbad. Danach kocht sie sich Weihnachtstee mit Zimt und Anis und trinkt ihn. Schneemann und Schneemannfrau stehen verlassen im Garten und freuen sich zu leben, und dass morgen die heilige Nacht endlich ansteht.

Am nächsten Tag ist Heilig Abend. Eine ersehnte Weihnachtskarte kommt nicht von dem Mann Michael für Katharina. Es werden nur noch die Gänseschenkel für den ersten Weihnachtsfeiertag zubereitet. Katharina übernimmt diese Arbeit. Der Feuermelder geht von der heißen Gasflamme an, und Gertrud erschreckt sich deswegen, da ihre Tochter ja gerade kocht. Dann lachen beide. Das Pfeifen beruhigt sich wieder, nachdem das Fenster geöffnet wird. Es ist kalte Luft in die Küche gezogen. Dann ist es endlich fünf Uhr abends. Die stille Nacht naht. Es dunkelt. Der Tannenbaum wird beleuchtet. Weihnachtskugeln glänzen im künstlichen Kerzenlicht. Lametta schmücken den Tannenbaum und geben den Baum den letzten Schliff. Selbstgemachte Perlensterne in Silber, Gold und Rot verzieren den Baum. Sie sind das reinste Kunstwerk. Einige sind größer, andere kleiner.

Unter dem Baum befindet sich eine kleine Krippe, holzgeschnitzt. Die Bescherung folgt. Katharina erhält ein feines Armkettchen aus Weißgold und Cyrkoniasteinen. Zu mehr reicht es nicht. Ihre Mutter hat eine kleine Rente. Doch es ist gewiss nicht wenig, findet Katharina. Die junge Frau überreicht ihrer Mutter ein Parfüm. Diese probiert es gleich aus und es riecht erfrischend. Nachdem Katharina das Kettchen um den Arm hat, geht sie auf ihre Mutter zu und gibt ihr einen Kuss auf die Wange und bedankt sich mit einer liebevollen Umarmung.

Dann kommt das klassische Weihnachtskonzert von Katharina. Sie spielt Klavier. Es wird Mozart, Tschaikowsky und Schumann improvisiert. Das Konzert endet mit „Guten Abend, gute Nacht" von Brahms. Von ihrer Mutter bekommt sie dafür heftigen Applaus. „Du bist eine richtige kleine Künstlerin!" Sie umarmt ihr kleines Kathrinchen. Katharina freut sich und lacht hell.

Die junge Frau hat danach das Essen in den Ofen gestellt. Es gibt Toastbrot, was sie schon am späten Nachmittag zubereitet hatte. Die Silberbestecke werden heute benutzt.

Geziert sind die Teller mit Stoffservietten. Im Hintergrund erklingen vom CD-Player Weihnachtslieder wie „Stille Nacht" und „Oh, du fröhliche". Dann setzen sich Katharina und Gertrud auf die Couch und schauen eine Weihnachtssendung moderiert von Carmen Nebel an. Auch im Fernsehen ist alles feierlich. Die Sängerinnen und Sänger im Fernsehen sind festlich angezogen. Auch Katharina und ihre Mutter Gertrud sind heute schick gekleidet. In die Familienchristmette gehen sie nicht, Katharinas` Mama kann schlecht laufen und nicht gut auf der harten Kirchenbank sitzen.

Die Stimmung ist ruhig. Es klappt alles wie Katharina es sich wünscht und es kommt noch etwas Schönes zu ihrer Überraschung. Als sie aus den Fenster schauen, sehen sie ein rotbraunes Eichhörnchen vorbei springen. „Mama, es ist heute Weihnachten! Wollen wir dem Eichhörnchen etwas von unseren Walnüssen geben?" Die Mutter stimmt zu.

Gertrud sah das Eichhörnchen schon öfter durch ihren Garten streifen. Katharina bekommt es zum ersten Mal zu Gesicht. Es erinnert beide an Katharinas Geburt, als die Mutter damals aus dem Fenster des Krankenhauses schaute und ein rotbraunes Eichhörnchen von Ast zu Ast sprang. Dick eingehüllt geht ihre Tochter mit einer handvoll Walnußstückchen heraus. Sie hat Mütze und Schal an. Als sie die Haustür hinausgeht, sieht sie die Nachbarskinder unter dem Weihnachtsbaum spielen. Katharina sieht strahlende Kinder und die zufriedenen Eltern. Überall ist die Atmosphäre feierlich und andächtig wie bei ihnen, nur dass Katharina keinen Nachwuchs hat. Katharina hat nicht einmal einen Mann! Nachdem Katharina wieder ins Haus geht, fragt sie ihre Mutter „Er kommt nicht mehr, stimmt´s, Mama!"

„Ich weiß es nicht, Katharina!", antwortet die Mutter unsicher und beide gehen gemeinsam an die offene Fenstertür und sehen Ernie und Klara in aller Stille im Garten stehen. Katharina scheint sie beide ihre Hände nehmen zu sehen, doch das täuscht, zumal sie aus Schnee sind und sowieso alles weiß ist. Streit wegen Katharinas` Liebe gibt es keinen wie die Mutter erwartet. Ernie und Klara stehen neben einem kleinen beleuchteten Tannenbäumchen und genießen die Stille wie Katharina und Gertrud, die sich dann umdrehen und sich ins Bett legen. Zurück bleiben der Schneemann Ernie und die Schneemannfrau Klara draußen hinter dem Haus. Sie schauen zufrieden drein. Die Nacht ist unheimlich ruhig. Es ist eine stille Nacht heute gewesen – für Gertrud, Katharina, für Ernie und Klara, nicht zu vergessen für das Eichhörnchen, und alle Leute legen sich irgendwann schlafen und alles ist ruhig auf der ganzen Welt. Auch die Panzer und Gewehre streiken. Es wird nicht geschossen und es scheint, die Engel oben im Himmel singen, sind zu hören im Chor. Jedes Jahr kehrt die Stille Nacht wieder überall auf der Welt ein. Es muss einmal im Jahr so eine heilige, stille Nacht geben, die jedes Jahr unvergesslich bleibt.

Am nächsten Morgen sind die Walnüsse verschwunden und der Glanz der heiligen Nacht ist erloschen. Katharina und Gertrud sitzen am Frühstückstisch und Ernie und Klara schauen ins Fenster und sind noch wie benommen von der letzten Nacht und schwelgen im Glück. Die Sonne scheint und es ist kalt.

Ralf Seeck

Es war wie früher

Es war am Nachmittag des Heiligabend. Der junge Mann schmückte den Weihnachtsbaum in dem großen Wohnzimmer des Einfamilienhauses. Im Hintergrund lief der Plattenspieler mit der Musik von Bing Crosby, Liedern wie *„Santa Claus"* oder *„White Christmas"*. Genau wie früher. Sein Vater war Englischlehrer und liebte amerikanische Weihnachtslieder. Und die wurden früher immer während des Baumschmückens gespielt.

Auch der Baumschmuck war noch der gleiche wie früher. In jedem steckte ein kleines Stück Erinnerung an die Kindheit: Da waren die zwanzig Kerzenhalter für die Wachskerzen, neunzehn vergoldet und nur einer aus Silber. An die Spitze des Baumes kam der große Strohstern. Dann war dort viel selbst gebastelter Baumschmuck: Kleine Sterne und Tannenbäume, die der junge Mann selbst als Kind gebastelt hatte, aber auch Fröbelsterne aus glitzerndem Papier, die noch älter sein mussten. Sie hatte es schon immer gegeben. Vielleicht hatte sie seine liebe Mutter einmal gebastelt, als er noch klein war. Dann waren da noch die vielen kleinen Holzfigürchen, die seine Mutter immer so geliebt hatte: kleine Puppen mit Spielzeug, ein Schaukelpferd, eine Holzeisenbahn und kleine Engelchen. Der junge Mann achtete darauf, dass auch ja all die geliebten Figürchen, die ihm schon in seiner Kindheit so viel Freude bereitet hatten, wieder ihren Platz am Baum fanden: Der kleine Weihnachtsmann, der kleine Schneemann, der Holzengel mit der kaputten Nase. Alles sollte so sein wie früher, als er mit seiner Familie gemeinsam Weihnachten gefeiert hatte. Schließlich kamen noch bunte Weihnachtskugeln dazu - sie waren vergleichsweise neu, er konnte sich noch an Weihnachtsbäume ohne die Kugeln erinnern. Am Ende dann kam das Lametta. Der junge Mann gab sich Mühe, es seinem Vater gleich zu tun, der jeden Lamettastrang einzeln und nicht büschelweise über die Zweige gehängt hatte, auch wenn dem jungen Mann dazu eigentlich die Ruhe fehlte.

Schließlich war alles bereitet: Das Sofa an die Wand geschoben, so wie es früher immer gemacht wurde, damit mehr Platz zum Spielen im Wohnzimmer war; die Fensterbänke und Tische dekoriert, der Baum geschmückt. Der junge Mann war glücklich.

Draußen fing es mittlerweile an dunkel zu werden. Der junge Mann ging durch die Straßen der kleinen Stadt Richtung Kirche. Es war ruhig geworden und es fuhren nur noch sehr wenige Autos auf den Straßen. Durch die Fenster der Einfamilienhäuser konnte man die brennenden Weihnachtsbäume und andere Weihnachtslichter sehen. Der junge Mann war kein Kirchgänger, aber heute war Heiligabend und es war seine Kirche, die Kirche, die er von klein auf kannte und die ihm vertraut war. Und es gab noch denselben Pastor, der ihn getauft und konfirmiert hatte. Der junge Mann liebte es, die alten Weihnachtslieder bei Orgelmusik zu singen. Dann fühlte er sich zurückversetzt in die Zeit der Weihnachtsfeste, als er noch ein Kind war.

Nach dem Gottesdienst trat vor der Kirche eine ältere Frau mit langem weißen Haar, eine Nachbarin, begleitet von ihrem Ehemann, zu dem jungen Mann. Ob er nicht heute am Heiligen Abend zum Essen kommen möchte, damit er Weihnachten nicht alleine feiern müsse. Der junge Mann lehnte freundlich und dankend ab, er werde dieses Weihnachten nicht alleine sein.

Nachdem er aus der Kirche zurückgekehrt war, gegen sieben Uhr abends war es dann soweit: Der lang ersehnte Besuch kam. Lächelnd und voller Freude traten seine lieben Eltern, sein Bruder und seine geliebten Großeltern in die Eingangsdiele. Der junge Mann drückte sie minutenlang vor Freude. Es war wie früher.

Sie traten gemeinsam in das Weihnachtszimmer und es gab das obligatorische „*oh*" und „*ah*" seiner Mutter und Großmutter beim Anblick des brennenden Tannenbaums.

Der junge Mann setzte sich ans Klavier und spielte Weihnachtslieder. Am liebsten mochte er „*Oh Tannenbaum*". Beim Singen der Strophe „*Die Hoffnung und Beständigkeit, gibt Trost und Kraft zu jeder Zeit*" rannten ihm Tränen der Rührung über die Wange. Danach spielte er traditionell das Lieblingslied seiner Großmutter, „*Am Weihnachtsbaume, die Lichter brennen*". Besonders festlich und stimmungsvoll wurde es, als „*Stille Nacht*" und „*O du Fröhliche*" erklangen, so wie früher.

Dann sagte sein Bruder noch ein kurzes Gedicht auf. Sein Bruder war zwar älter, aber er war behindert und geistig auf dem Stand eines zwölfjährigen Jungen. Deshalb war er immer voller Weihnachtsfreude wie ein Kind in diesem Alter.

Schließlich wurde es Zeit für die Bescherung. Der junge Mann hatte schon vor Wochen und Monaten ganz besondere Geschenke für seine Lieben besorgt, wann immer ihm im Laufe des Jahres etwas Passendes unter die Augen kam. Es bereitete ihm große Freude zuzusehen, wie das Papier langsam entfernt wurde und sich seine Lieben über die Geschenke freuten. Ein Buch, eine Weihnachtskerze, ein gerahmtes Foto, einen Kalender. Für seinen Bruder gab es eine Spielzeugbahn. Die Augen blitzten wie die eines Kindes, und er machte sich sofort daran, die Bahn rund um den Tannenbaum aufzubauen und damit zu spielen. Weihnachten mit seinem behinderten, ja zurückgebliebenen Bruder war etwas ganz Besonderes. Es war wie ein Kinder-Weihnachtsfest. Es war wie früher. Dem jungen Mann machte es nichts aus, dass er keine Geschenke bekam. Für ihn war es viel schöner, andere zu beschenken.

Nach der Bescherung wurde dann wie immer gegessen. Die Erwachsenen begaben sich nach nebenan ins Esszimmer, wo der junge Mann bereits die Tafel gedeckt hatte. Nur sein Bruder spielte weiter im Weihnachtszimmer, dazu lief im Hintergrund der Plattenspieler mit Weihnachtsliedern. Zum Essen gab es Karpfen mit Kartoffeln, Meerrettig und flüssiger Butter, so wie früher. Der junge Mann hatte den Vormittag genutzt, alles so weit vorzubereiten, dass es nur noch kurz erwärmt werden musste.

Für den jungen Mann war das Essen im Kreise seiner Lieben der Höhepunkt, der schönste Moment des Heiligen Abend. Lange blieben sie am Tisch sitzen, auch wenn gar nicht so viel gegessen wurde. Es wurden Geschichten von früher erzählt, sich der alten Weihnachtsfeste erinnert, Anekdoten aus den Familienannalen aufgefrischt und viel gelacht. Dabei betrachteten sie den Bruder, wie er voll zufriedener Glückseligkeit mit seiner Spielzeugbahn vor dem Tannenbaum spielte.

Endlich konnte der junge Mann sich auch mit seinem Großvater unterhalten. Sein Großvater war sehr alt und hatte bereits im Weltkriege gedient. Der junge Mann war früher zu jung, um die geschichtlichen Hintergründe zu verstehen. Nun war er erwachsen und interessierte sich sehr für die Vergangenheit. Er lauschte den Erzählungen der beiden Großeltern, ihren Geschichten vom Krieg, von Not und Vertreibung, von den schicksalsschweren Stunden des Heimatlandes im letzten Kriege. Sich hierüber noch einmal mit seinen Großeltern, besonders mit seinem Großvater zu unterhalten, noch einmal ihre Lebensgeschichte hören zu dürfen, davon hatte der junge Mann lange und voller Sehnsucht geträumt. Er sah in die liebevollen, starr blickenden Augen seiner Großmutter. Er fühlte sich wohl in dieser Runde und war im Herzen dankbar und glücklich. Es war wie früher.

Nach dem Essen gab es traditionell einen bunten Teller mit vielen Pralinen und Schokolade. Für seine Mutter hatte er extra Pfefferminz in Schokolade gekauft, dies hatte sie am Heiligen Abend immer so gerne gegessen.

Die Weihnachtspost wurde geöffnet, auch dies immer ein Moment großer Freude: Da war der traditionelle Brief von der Familie N., ganz entfernten Verwandten. Es gab jedes Jahr eine Karte mit „*Ein frohes Fest*"auf der Vorderseite und „*wünscht Familie N.*" im Karteninneren. Nichts weiter, kein Wort über das vergangene Jahr. Jedes Mal hatte sein Vater dann mit verzeihendem Humor die Frage gestellt, wozu diese Karte überhaupt geschrieben wurde. Und dann war da die Weihnachtskarte von seinem Onkel, die immer voller Inbrunst geschrieben wurde und mit ebenso vielen Rechtschreibfehlern. Mit verzeihendem Schmunzeln wurde dies in jedem Jahr aufs Neue verlesen. Und dann das übliche Weihnachtspaket der entfernten Verwandten aus Übersee - immer mit ganz besonderen Spezialitäten.

Danach wurden traditionell noch einige der alten Filme mit dem Vorführapparat angesehen, die sein Großvater vor vielen Jahren gedreht hatte. Gemeinsam erinnerte man sich in Dankbarkeit der alten Zeiten. Auch wurde noch ein wenig Ferngesehen. Zum Ritual gehörten die Weihnachtsfilme „*Wir sind keine Engel*" oder „*Ist das Leben nicht schön*", je nach dem, was gerade gesendet wurde.

Manchmal waren sie früher noch in die Mitternachtsmesse gegangen, aber heute war es einfach zu gemütlich und zu schön, all die Lieben so nahe bei sich zu haben, als noch einmal in die Kälte hinaus zu gehen.

Um diese Zeit kam die Nachbarin mit dem langen weißen Haar von der Mitternachtsmesse zurück, begleitet von ihrem Mann und einer anderen älteren Dame. Sie blickten auf das Einfamilienhaus. Die Nachbarin sagte zu der älteren Dame: „*Schade, dass der arme junge Mann heute nicht zu uns gekommen ist. Er ist immer so nett und höflich, und er tut mir so leid. Es ist traurig, dass er so alleine ist. Seine Eltern und sein Bruder sind bei einem Unfall ums Leben gekommen und seine Großeltern sind auch schon lange tot. Er ist immer so allein.*"

Doch der junge Mann lag zufrieden und glücklich in seinem Bett und dachte noch einmal an den zauberhaften Abend, den er im Kreise seiner Lieben erlebt hatte. Gern hätte er seine Lieben für immer bei sich behalten. Gern hätte er ihnen noch länger zugehört, gerne noch länger mit ihnen gelacht und sich der alten Zeit erinnert. Es war ein wunderschöner Weihnachtsabend. Alles war so gewesen wie früher.

Sebastian Bluth

Dem Nahen so fern, dem Fernen so nah

Da stand er plötzlich vor mir, im vollen Lichtglanz erhöht. Tadellos und einzigartig. Und wenn man es nicht besser wüsste, würde man es bestimmt auch nicht sagen dieses: „Wie jedes Jahr".

Denn gerade wieder: „Alle Jahre wieder", ist doch dann auch jener Baum, immer wieder, der schönste Weihnachtsbaum von allen gewesen ... So ist es bis heute gewesen. Wirklich gewesen!

Gewesen! Dieses Wort spukte länger schon in meinem Kopf. Gewesen! Ich bin so viel gewesen. Und so viel mit gewesen. Blind gewesen über Jahre in den Kirchen und ihren Predigten! Blind gewesen wie dort Gewalt verherrlicht wird in Psalmen und Gebeten. Blind gewesen im Vertrauen statt zu hinterfragen. Ja auch blind vor Liebe zu einem Gott oder waren es die Menschen, die von ihm redeten? Ihn mir einredeten: Ihn, Gott „lieben zu sollen?" (nach Martin Luther / kleiner Katechismus)

Und was sollte ich noch zu dem? „Gott fürchten!" Zusammen also: „Gott über alle Dinge fürchten, lieben und vertrauen!" (L. Erklärung zum ersten Gebot, Bekenntnis der EKD heute)

Wie soll das gehen: „Lieben sollen"? Und was wenn nicht?

Also war ich blind. Blind vor Angst! Angst, welche mir eingeimpft wurde seit Kindheit an…

Aber das lag doch nun endlich zurück. Der innerlich schwere, äußerlich lapidare Schritt war gerade Ende November getan, mit echtem, großem Stempel und Siegel eines Rechtsgehilfen im Amtsgericht Berlin-Schöneberg. Er sagte zu mir: „Vergessen Sie nicht! In Zukunft streichen Sie konfessionslos an."

Das war ihm, diesem höflichen und freundlichen Mann, in seiner warmen Amtsstube scheinbar am Wichtigsten. Und natürlich der Beleg, dass ich für diesen juristischen Vorgang, die zu entrichtende Gebühr von 30,- Euro pünktlich bezahlt habe. Die vielen Nächte davor, der letzten Jahre, ob schlaflos, die zermürbenden Selbstzweifel, ja regelrechte Abhängigkeiten, interessierte niemanden. Selbst nicht einmal mehr die, woher ich kam. Jene haben mich bis auf ganz wenige Ausnahmen einfach abgeschrieben, auf Einwände zu ihrer Gewalt im Glauben reagiert mit „Adios" oder „Sagt ja keiner, auch wenn es da so steht". Oft abweisend! Wegschiebend! Ich sei eben unbequem! Da saß ich nun damit im Herzen und war so klug wie je zuvor…

Ehrlich, es war eigentlich mehr Angst da. Angst vor der nun kommenden lichten Zeit. Eine Zeit, die ich doch nur im Gemeinsamen mit „Gloria in excelsis Deo" kannte. Zudem Belehrungen wie zu denken oder Dogmen von einer Jungfrauengeburt. Auch wenn man sie nicht predigt. Gebetet wird damit im wichtigsten Bekenntnis: „…geboren von der Jungfrau Maria…" Schon merkwürdig, wenn das in einem Dom so an die 1500 Leute laut sprechen. Damit also klar bekannt, gelobt. Gleichzeitig aber auch bezweifelt. Was denn nun? Diese Zerrissenheit hielt ich nicht mehr aus und nicht nur diese. Doch würde sie mir fehlen, die Weihnachtsmusik von riesigen Orgeln? Der Gesang gerade daher, wo ich nun fort für immer? Ausgetreten! Wie würde das sein? Weihnachten „oben" ohne? Ohne mit dabei zu sein, wie ich es nur kannte? Ja ohne Heimat? Ohne Vertraute und Vertrautes in Feiern und Festen?

Die stille Nacht war schon da. Glocken riefen zur Vesper. Voll ist es da heute sicher. Vielleicht wird wieder geredet, wie „konsumgeil" wir wären. Wie toll die Gemeinden. Wie verdorben die Leute seien und nichts mehr wüssten, vom Sinn an Weihnachten. Wie sehr doch Kriege die Freude verdürben und wie die Welt auf einen Heiland schon immer warte. Als die Glocken ganz laut schlugen, hielt mich nichts mehr daheim. Raus musste ich. Einfach raus. Da hinten im Park, da leuchtete, wie jedes Jahr, ein großer Baum. Dahin! Dort ist doch heute keiner. Er ist so alleine wie ich. Und ja, ich wollte auch: Mehr Licht! Eine lichte Weihnacht. Nun also angekommen hier.

Die Tanne hat mich wirklich nicht enttäuscht. Groß und Klein haben ihn liebevoll geschmückt mit alten Kugeln, etwa von einer „Tante Ilse", wie auf einer zu lesen, oder Holzspielzeug, Äpfeln, Watte und sogar etwas Engelshaar. Es nieselte leicht und den Kugeln platzte dadurch die rissige Farbe ab. Aber sie strahlten das Licht weiter, der vielen kleinen, elektrischen Birnen, die jemand gesponsert hatte, heute für diesen Moment, Strom inklusive. Geschenkt! Einfach so geschenkt. Ohne Selbstdarstellung. Für jeden, der eben hierher kam. Ohne Erklärung, ohne Mitgliedschaft, ohne Kollekte. Es ist eine Kunst, Geschenke so wie sie sind, anzunehmen.

Und wie wohl tun sie, wenn man sie gerade mal richtig braucht. Ich weiß nicht, wer mehr strahlte. Der Baum oder ich. Mein Inneres jedoch wurde weit, frei und keine Angst hatte mehr Platz um mich herum. Das war neu! Weihnachten ohne Angst! Oder besser, ohne Stress! Ob als Kind vor dem Textvergessen in der Christmette… Später, ob es wieder Streit gibt in der Familie beim „friedlichen Beisammensein" bis zum Rausschmiss durch den Vater. Heute war ich allein. Allein hier mit diesem Baum. Der gefällt, dem Tod geweiht, doch gerade über das Leben und seiner Einzigartigkeit in dieser Nacht sein Licht versendet. Eine Botschaft, in alle Himmels und Erdrichtungen. Und ich unerwartet beschenkt, wollte mich dafür bedanken. Etwas wiedergeben. Soweit kann es kommen, beglückt aus ehrlicher Dankbarkeit, dass ich frei, aus tiefstem Herzen, etwas verschenken will!

Verschenkte hier mit leeren Händen, aber voller Freude im Herzen, Lieder in dieses erhellte Dunkel. Meine Botschaft. Mein Weihnachten, das ich hinter Mauern und Orgelklang verloren hatte. Dachte es nie wieder zu finden und es hier einfach geschenkt bekam. Ein besonderes Lied stimmte ich zuerst an. Ein altes Lied, das mir schon immer viel gab und so manches erklärte: wieso, weshalb warum…

Ein Gesang über das Leben selbst, von Robert Schumann aus seinem Liederzyklus op. 35:

„Das du so krank geworden, wer hat es denn gemacht
Kein kühler Hauch aus Norden und keine Sternen Nacht
Kein Schatten unter Bäumen, nicht Glut des Sonnenstrahls
Kein Schlummern und kein Träumen im Blütenbeet des Tals
Das ich trag Todeswunden, das ist der Menschen tun
Natur ließ mich gesunden, sie lassen mich nicht ruhen"
(Justinus Kerner)

Was wäre nun aber so eine Weihnachtsgeschichte ohne etwas, das man fast nicht glauben kann, wie etwa an den reellen Weihnachtsmann? Nein, der kam nicht vorbei. Auch nicht vom Studentenservice der Technischen Universität. Ich weiß gar nicht, ob die hier in Berlin-Pankow im ehemaligen Ostberlin zuständig wären oder eher die von der „Humboldt-Uni"? Egal! Es war auch keine heiße, sexy Weihnachtslady in rot-schwarzem Fummel und einem weißen Fellmantel darüber anwesend. Es war etwas sehr Unerwartetes. Eine scheinbar betagte Männerstimme, hell und freundlich, sicherlich hinter dem strahlenden, ausladenden Baum stehend, rief laut im Berliner Akzent: „Sie können aber wirklich schön singen. Da hat es sich ja doch jelohnt für mich, uffm Rollator hier zu hocken. Ick kann überhaupt nich singen. Konnte icke noch nie! Na und so viel anderes nich. Immer an Weihnachten bekomme ick mene persönliche Quittung dafür."

Es wurde wieder still. Was war denn das gerade? Doch da ging es schon weiter: „Ach, mene Kinder sind fort. Verstehste? Mene Frau tot. Na, und men Staat, für den ick Mal jahrelang mit vollem Einsatz im Herzen und auch in der Kampfgruppe für die „jerechte Sache" kämpfte, ist längst unterjegangen. War allet quatsch, sag ick dir. Aber hier an diesem Baum kann man eben dit allet mal kurz verjessen. Du sagst ja nüscht. Hat's dir de Stimme verschlagen?"

Er schien auf eine Antwort zu warten und ja, ich war wie gelähmt. Doch er redete einfach weiter: „Is ja och wurscht. Seit Jahren erlebe ick hier wundervolle Stille Nächte, alene. Aber entschuldige, falls de mich noch hörst! Ick wollte mich nur bedanken für den Jesang. Den gab es hier so noch nie in der heiligen Nacht. Und wat für en schöner Text. Wirklich! Ick habe jenau hinjehört. Der hat recht und ick kann dir oder Ihnen nur wünschen: Lassen Sie sich von niemanden krank machen! Von der Natur immer jesund! Nur sie wees, wie allet wirklich jeht. Keen Glaube oder IS-MUS der Leutchen. Verstehste! Ick habe Fehler jemacht, scheiß Fehler."

Nun wollte ich gerade etwas Freundliches sagen, doch er wieder:

„So nun muss ick mal schnell wieder wohin. Nachher gibt es bei uns in der Seniorenresidenz heiße Bockwürste mit Kartoffelsalat. Also! Vergiss nicht Opa Hübners Worte, hörst de!"

Ein kurzes Rascheln und nichts war mehr zu hören von ihm. Der Regen plätscherte leise auf meine Jacke. Ein kleiner Windhauch ließ die vielen Tannenzweige tanzen. Fröhlich miteinander die Kugeln und Lichter gemeinsam im Reigen, umgarnt vom Watte und Lametta. Ich blieb immer noch regungslos, wie fast angewachsen vor dem strahlenden Baum und horchte. Ich fragte mich: Ist das gerade wirklich passiert? Oder habe ich das geträumt? War das etwa ein Engel? Offiziell und amtlich bestätigt, nun doch eigentlich total Engeln fern, war ich vielleicht hier gerade einem sehr nahe gekommen? Und was er mir verkündet! Und wie! Krass! Ja, da ist das Kind in mir wieder wach, das so gerne glauben möchte und glaubt. Hier inmitten dieser vielen, kleinen funkelnden Lichter. Zwischen Tannengrün und alten Weihnachtschmuck kommt mir da das Leben gerade sehr nahe, gleich dem Glanz seiner Wahrheit?

Oder war ich etwa total durchgeknallt? Hörte schon Stimmen mitten in der Nacht? Bildete mir irgendetwas ein, oder will was gehört haben? Das musste echt geklärt werden! War schon irgendwie schräg und auch etwas gruselig. Ich beschloss langsam und vorsichtig links um den Baum herum zu gehen. Da war aber niemand. Ich schaute mich um. Nirgends der Schatten eines Menschen. Also doch - ich durchgeknallt! Scheiße! Zuviel gehört in Predigten von Sätzen, die aus brennenden Bäumen sprechen. Ich sagte zu mir: Du bist doch inzwischen echt total fertig…

Plötzlich zuckte ich wieder zusammen: „Da ist ja der Pavarotti! Ick dachte, er wäre schon wegjelofen, als icke da mal am Strauch kurz musste."

Ich drehte mich um. Da kam ein kleiner, gebückter Herr auf mich zu. Das medizinische Gerät mit vier Rollen, langsam vor sich herschiebend. Aber seine freundlichen, fast liebevollen Augen strahlten heller, als jeder Weihnachtsstern. Es gab ihn wirklich. Kein Engel, es war ein Mensch! Das Wunder aller Wunder. Nun war er neben mir stehen geblieben: „Na mein Junge! Schön hier, oder? Wir zwee Männer hier in de Einsamkeit? Weest doch: Jeteiltes Leid, is halbes Leid. Jeteilte Freude na? Logisch! Doppelte Freude! So einfach ist das, statt Schiss vor Alleensein. Warum verstehen das diese Dösköppe in dieser Welt nicht. Führen Kriege, weil jeder den Platz an der Sonne will. Erfinden Götter und die wüssten wie es läuft. Mensch wat für ein Irrsin nu wieder im „Heiligen Land". Apropos heilig und Gott! Ick muss wirklich los. Hörst Du drüben, bimmelt es von den verschiedensten Kirchen. Die werden sich och nie einig. Immer die alten Leiern und Keener is schuld. Die bei mir im Heim denken übrigens, da bin ick hin in de Kirche."

Er lachte kurz auf: „Sonst hätten die mich niemals aus dem Ding da drüben, dieser „Senjorenresidenz" gehen lassen. Die sind da echt nett zu mir. Die Mädels dufte, hübsch, zum Anbeißen. Ick bin jedoch zu alt."

Nun wurde er nachdenklich und ernst: „Weeste, ick habe lange agitiert. Erst naiv für den Führer und den lieben Gott. Dann aus Reue für den Kommunismus. War allet falsch! Wenn ick diesen Text früher jehört hätte. Aber lieber spät als nie. Mensch es ist wirklich spät. Nur sag mir noch schnell, von wem der ist, dieser Text. Dieser wunderbare Text, den du da eben jesungen hast. Der is so kleen und ewig groß. Wie war dit in deinem Lied: - Natur macht jesund, de Menschen lassen einen nich in Ruhe. - Groß und so wahr diese Worte, für den er es jelebt und erlebt. Sonderbar sowieso mein Junge dieses Ding, dit sich Leben nennt."

„Von Justinus Kerner", antworte ich eher zaghaft, noch ganz befangen von diesen Umständen hier.

Er fragend darauf fast zu sich selbst: „Kerner? Nie jehört, aber klug und vor allem: Von Herzen! Dit is so wichtig Junge! Nicht nur mit dem Kopf jelehrt oder jekämpft. Dit is so sinnlos und total für sich selbst jesponnen wie dieser Luther mit seinem Gott jegen die Juden losmachte, oder Marx für de Proletarier jegen die Fabrikanten. Beidet Murks! Dit freie Herz is wichtig. Nur dit kennt es jenau, wie de Natur den Weg. Menschen haben meist nur für sich Herz und tun so, als ob se dit für andere haben, wie die beiden eben erwähnten Herren. Und wat wurde daraus? Gewalt! Nichts als Gewalt! Aber mir altem Mann globt ja keener. Hätte zu oft die Seiten jewechselt, aber nich wie alle, wenns Mode war. Hab doch nur jesucht. Und stehe dazu, wenn wat falsch is. Egal. Opa Hübner jammert hier nich.

Sag mal Junge: Kommst du nächstes Jahr och wieder her? Da können wir dann wieder jemeinsam Kirche schwänzen. Nun aber! Machs jut Junge! Wer so schön singt wie du, ist ein juter Junge." Er ging jetzt wirklich los und ich rief ihm noch hinterher: „Ihnen auch frohe Weihnachten und ein gesegnet, nein, natürlich, ein gesundes neues Jahr."

 Er blieb stehen, drehte, sah mich an. Weiter leuchteten seine großen Augen, so gütig, so voller Frieden: „Hab ick mir doch jedacht, er schwänzt wirklich. Aber weeste Junge, och Segen is jut. Märchen haben immer wat zu sagen. Nur aus Ihnen Ideologien, Gesetze oder Glauben zu machen det jeht schief und is allet Quatsch. Wie och Quatsch, Angst vor dem Tod zu haben. Es gibt keinen Tod. Ja es gibt Verlust von Jewohntem und Jeliebten. Aber es wandelt sich nur um, für neues Leben. Ja och für unser Leben heute und hier. Gloob mir Junge! Dit is nich von mir, dit is eben Natur! Und das von heute mit dem Wunder einer Geburt is immer wieder der Teil, wo es Hoffnung an Zukunft gibt. Kann man nicht oft jenug erzählen. Jede Geburt, jeder Mensch ist ein Wunder. Und jede Geburt ein Hoffnung uff die Zukunft. Und so komisch es klingt, auch jedes Gehen. Denn ohne dit Gehen, is keen Kommen! Verstehste? Ick muss mal wieder meinen ollen Kant lesen. Jetzt is ja Zeit um Weihnachten dazu, statt glotzen ins Jeflimmre. Nur die alten DEFA-Märchenfilme sind so schön. Man, hörst de? Die bimmeln aber heute lange ihre Glocken! Vielleicht wieder im Wettstreit, wer es am besten weis und kann…

 Aber auch sie glauben nur, was sie von Menschen wissen. Denn allet wat die so glauben, ist von Menschen bezeugt. Bezeugt und uf-jeschrieben von Berufenen die sich jeweils beriefen. Allet klärchen?" Nun lächelte er. Nicht überheblich, eher als jemand der versteht, wie man sich irreführen lassen kann oder selber es wurde? Doch nun ganz sachlich: „Also letztlich nur ein Menschenglaube, wat Menschen so erfahren haben wollen, so einfach. Wenn de denen nicht glaubst, funktioniert das Ganze eh nicht. Und Menschen können sich irren, nur geben sie es ums Verrecken nicht jerne zu. Ach Junge, machs einfach wie in deinem Text. Der hat dit allet so schön ufn Punkt jebracht. Dieser Kerner, muss ick lesen. Lesen is immer jut, bist de nie allene."

Damit machte er sich auf. Langsam den kleinen Hügel an der plätschernden Panke hoch. Der Regen war kurz unterbrochen. Nun waren gefühlt alle Glocken der Stadt auf einmal zu hören. Ich denke nach. Ärgere mich, eigentlich nichts gesagt zu haben. Aber er war so überwältigend in seiner Art, das ich fast heulen musste. So klar, einfach, vielleicht ein wenig viel, aber nicht belehrend. Gelebt. Vorgelebt.

Dieser Opa Hübner isst bestimmt so in 30 Minuten seine Bockwurst und als Berliner besonders gerne mit Spreewälder Gurken. Komisch woran man so denkt, wenn man jemanden mag.

Ich komm dich mal besuchen. Na, nun endlich ein Vorsatz fürs neue Jahr, denke ich und bestimmt nicht der schlechteste.

Was für ein Weihnachten. Und kein übernatürliches Wunder. Das Leben selbst ist zu mir gekommen, weil ich ins Leben ging. Zum leuchtenden Baum der Symbol für das Leben ist. Eine Sekunde Ewigkeit hat mich da eben geküsst. Seltsam alles was mich beschäftigte in letzter Zeit, war von Opa Hübner angesprochen. Sogar das Thema Tod. Aber wenn es Tod gerade eben nicht gibt, gibt es auch keinen Gott, der davon aufersteht. Keine Verschwörungsgeschichten selbstberufener Menschen aus Drohungen und Liebe darüber. Wie viel Angst machte mir das als Kind. Natur schafft Klarheit. Was ist gesünder als das?

Wer etwas hinterlässt, lebt durch und in jenem weiter. Wie die Eltern in ihren Kindern. Musiker in ihren Noten, Maler in ihren Bildern, Dichter in ihren Büchern.

Und wer es liest, sieht, singt, der macht Auferstehung. Macht vergangene Gedanken hier und heute wieder erfahrbar, lebbar, spürbar. Sie leben wieder auf. Kein Mysterium, kein Alleinanspruch eines Glaubens. Einfach nur Leben pur! Eine wirklich frohe Botschaft! Genau das ist doch Weihnachten oder? Das Wunder des Lebens geht weiter: ein Gehen im Geben.

Jede Geburt ist ein Wunder der Natur. Jeder Mensch ist ein Wunder. Seltsam warum das die Menschen nicht miteinander teilen, jeden so lassen wie er / sie ist. Lieber bestimmen sie über andere, was falsch, was richtig sei, auch mit ihren jeweiligen Göttern. Bekriegten und bekriegen sich gegenseitig bis heute, ob mit Worten auch hier in den Kirchen oder mit Waffen, wie gerade in diesen Tagen an so vielen Orten auf der Welt. Wird das immer so bleiben? Ich will es ein wenig ändern! Ohne mein Bekenntnis zu einem Glauben der Gewalt verherrlicht. Wo damit Berufene Macht bekommen über andere Menschen.

„Das ich trag Todeswunden, das ist der Menschen tun
Natur ließ mich gesunden, sie lassen mich nicht ruhen." (Justinus Kerner)

Summte ich noch einmal die letzten beiden Zeilen aus Schumanns Lied op. 35. Doch nun blieb es still, im Lichtglanz der Lämpchen, Kugeln mit Engelshaar und Watte. So langsam wurde mir auch kalt und ich hatte ja auch noch etwas anderes vor. Sein Licht im Rücken, ging ich fort vom Baum und weiter. Weiter durch diese stille und lichte Nacht. Weiter dorthin, wofür sie gemacht. Zu einem mich und ich es liebenden Herzen, das auf mich schon wartete, nach einem langen Spätdienst in der Notaufnahme des St. Hedwigkrankenhauses. Hier zeigen in ihrem innersten Glauben, hoffende Ordensschwestern, was für sie Weihnachten ist. Ohne Worte aber mit viel Tannengrün an den Türen auf den Stationen. Wer in Berlin einen Ort sucht, um Weihnachten zu spüren, findet ihn dort, in der Geborgenheit einer kleinen Kapelle. Egal ob an einen Gott oder nicht daran glaubend, beim Grün, geschmückt um eine sehr alte Holzkrippe, zeigen sie hier das immer wieder kommende Wunder der Natur: Die Geburt eines Kindes.

Marko Ferst

Weihnachtszeit in Köpenick (1986)

An der neuen Dammbrücke, dort wo Spree und Dahme zusammen-
fließen, lärmt dichter Autoverkehr. An jeder Kreuzung blinkt ein mehr-
faches Lichterspiel aus Rot-gelb-grün. Die Nässe und auch der von
Sprühwagen noch nicht zum Tauen gebrachte Schnee schmatzt unter der
unzähligen Räderflut. In kurzen Abständen dröhnen Straßenbahnen vorüber. Der orangegrelle Schein der modernen Brückenlaternen spiegelt
sich im dunklen, kaum merklich dahinfließenden Wasser. Lange Lichterketten schmücken das Mecklenburger Dorf und ziehen sich die ganze
Bahnhofstraße entlang. Die Häuschen um die Mühlenattrappe herum
bieten Broiler, Currywurst mit Brot, Eierkuchen, Puffer, Bier, Limo und
anderes. Von weit her kann man den Duft vernehmen. Die Schritte knir-
schen im Splitt.
Überall staunt weihnachtliche Dekoration in den Schaufenstern die Pas-
santen an. Die Bürgersteige quellen fast über von Menschen, viele kommen gerade von der Arbeit zurück, mancher sucht noch ein fehlendes
Weihnachtsgeschenk. Über der bunten Geschäftsebene der drei- bis vier-
stöckigen Häuser in der Bahnhofstraße türmen sich die alten, grauen
Fassaden, die im Dunkeln nur undeutlich hervortreten.
Ganz anders die Altstadt. Wo die Altbauten noch nicht neuen Putz und
neue Farbe erhalten hatten oder schon baufällige Häuser nicht mehr re-
stauriert, sondern abgerissen und zum Teil durch moderne Lückenbauten
ersetzt wurden, stehen Baugerüste an den Fassaden. Mitunter wurden
ganze Straßenzüge erneuert. Auf manchem Gehweg lagern hüfthohe
Bauschuttberge. Unweit der Altstadt stampften Architekten, Kranführer,
Eisenbieger und wie sie alle heißen mochten, eine ganze Neubausiedlung
aus dem Boden.
In den oft nur schummrig beleuchteten Nebenstraßen parken lange Au-
toreihen. Auf den Balkonen der Wohnhäuser stehen mit Lichterketten
geschmückte Weihnachtsbäume, hinter Fenstern blinken Schwibbögen
und erhellte Sterne. Vereinzelt lächelt auch ein Nußknacker herab. Irgendwo im lärmenden Großstadtverkehr verschafft sich eine Weihnachs-
melodie Gehör. Die Uhrzeiger des Rathausturmes kriechen unaufhalt-
sam vor und bald würde vor so mancher Tür jener Mann mit dem roten
Mantel und dem grobgewebten Stoffsack erscheinen, sich ein Gedicht

aufsagen lassen und seine von den Eltern gestifteten Geschenke vor Ort
lassen. Wieder fährt eine S-Bahn vom Bahnhof in Richtung Stadtzen-
trum los bis hin zur Friedrichstraße, wo sie wieder umkehren muß.

Marko Ferst

Tagesanbruch im Januar

Noch funkeln Sterne am nachtdunklen Winterhimmel. Auf dem tief verschneiten Waldweg zeichnen sich deutlich Fährten von Wildschweinen ab. Nadellose Lärchen ragen am Wegesrand auf, dazwischen einige kahle Eichen. Ein Knacken und Rascheln dringt immer wieder aus dem Waldesinnern.

Ein schmaler hellblauer Streifen zeigt sich im Osten über dem Horizont aus Kiefernwipfeln. Die Nebelschwaden, die über viele Stunden eine angrenzende Lichtung in Beschlag genommen hatten, lösen sich allmählich auf.

Wenige Zeit später bildet sich nach und nach aus dem schmalen blauen Band ein breiter Streifen Morgenröte. Das Dunkel weicht immer mehr mattem Tageslicht. Die Sonne bricht am Horizont hervor. Der neue Tag beginnt.

Marko Ferst

Abenddämmerung am Seddinsee

Auf dem Eis liegt eine dicke Schicht Schnee. Ein Eisbrecher schiebt sich langsam durch die wieder zugefrorene Fahrrinne. Krachend bricht das frostige Element am Bug des Schiffes.
Als es langsam dunkler wird, markieren die letzten Angler ihre Eislöcher mit Ästchen und verlassen den See. Kurz darauf geht die Sonne hinter den Bäumen am gegenüber liegenden Ufer des Sees unter.
Die Geräusche von fahrenden Autos dringen aus der Ferne herüber. Die Nacht bricht herein. Am Himmel ist deutlich das Sternbild Orion, dem Jäger des Alls zu erkennen. Die Wälder bilden jetzt am Horizont einen schwarzen Streifen. Am südlichen Ende des Sees leuchtet ein blasser Schein. Es sind die Lampen von Schmöckwitz. Ein frischer Eisduft zieht über den Seddinsee.

Marko Ferst

Winternacht 55

Trübes Tageslicht. Letzte Abendröte schwindet allmählich. Der Frost hält die Landschaft gefangen. Der fahle Schein des Vollmondes fällt schräg in das Geäst von Birken. Ihre dürren Zweige wiegen sich leicht im Wind. Beinahe Stille. Nur einzelne Sterne flimmern am Himmel, bis Wolken sie verdecken. Es beginnt zu schneien. Wie Daunen schweben die Kristalle in das endlose Weiß.

Der Schneesaum, den die Bäume zu tragen haben, wird immer dicker. Es schneit immer weiter, bis die Flocken irgendwann kleiner werden. Wann es dann später aufhört, läßt sich fast nicht mehr feststellen. Im Wald rieselt ab und zu weißer Staub von den Baumkronen. Lange bevor der neue Tag sich in der Ferne ankündigte, tauchten feine Nebelschleier über silberweißen Wiesen auf.

Marko Ferst

Morgengrauen in Hessenwinkel

Noch immer liegt der Ort im nächtlichen Dunkel. Hoch oben zwischen den Zweigen einer Linde scheint der sichelförmige Mond. Ab und zu verschleiern ihn dünne Wolkenfetzen.

Auf der schmalen Straße liegt eine festgefahrene Schneedecke. Grün gestrichene Laternen im altberliner Stil stehen vereinzelt zwischen den Bäumen. Ihr mattgelbes Licht glänzt im silberweißen Schnee. Eine Laterne war ausgefallen und glimmt nur noch. Vom Bäcker her duftet es schon nach frischem Brot und knusprigen Brötchen. Bald öffnet der Laden.

Auf der noch nicht zugefrorenen Spree tummeln sich Dutzende schwarze Bleßhühner. Auch auf dem Eisrand stehen einige und zeigen ihre weißen Füße. Langsam wird es hell.

Marko Ferst

Am steilen Berghang

Vor einigen Tagen schneite es. Eine dünne silbrig weiße Schneedecke
bedeckt das Land. Die Temperatur ist auf zwölf Grad unter Null ge-
sunken. Hohe dunkle Fichten, die am Hang stehen, leisten der kräftigen
Brise Widerstand.

Aus einem mit Moos bewachsenen Fels springt zwischen Eiszapfen
Quellwasser hervor. Das schmale Rinnsaal verliert sich im tiefen Schnee.
Irgendwo im Tal mündet es in einen Bergbach.

Nur selten brechen wärmende Sonnenstrahlen durch die dick verschneiten Kronen der Fichten. Im dichten Unterholz knackt und knistert
es. Zahlreiche Fährten von Wildtieren durchziehen das Waldesinnere.
Auf einem Weg liegt ein lebloses Eichhörnchen, der Kopf abgerissen.
Kampfspuren. Rötlicher Schnee. Struppiggraue Grasspitzen sprießen
am Wegrand aus dem Weiß.

Fast unmerklich begann es zu schneien. Wirbelnd schwebten die feinen
Flocken durch die Luft dem Boden zu. Den meisten Schnee fingen die
Baumkronen ab.

Marko Ferst

Im Schlaubetal

Feinkörniger Graupel prasselt auf den Waldboden. Erst als alles weiß bestreut ist, hält Petrus ein und schickt von Zeit zu Zeit ein Bündel Sonnenstrahlen durch die Wolkendecke, bevor erneut ein Graupelschauer niedergeht. Doch der weiße Krümelteppich hält nicht lange vor, fällt knappen Zehntelgraden über Null zum Opfer. Zwar kannte dieser Winter wieder ein paar Frosttage, doch blieb richtiger Schnee wieder nur eine Stundensache. Jetzt läuft der März seinem Ende zu, da konnte es auch zu Ende gehen mit den weißen Gaben.

In den Buchenwäldern kündigt kaum etwas den nahenden Frühling an, nur weiße Buschwindröschen nährten Verdacht. Die Schlaube, ein Flüßchen, zwängt sich kilometerlang durch etliche Talfurchen. Sie entspringt den Wirchenwiesen, ein erster See umrahmt zusammen mit einem kleinen Teich das Waldseehotel. Unter einer Straße hindurch trollt mehr ein Rinnsaal am Naturschutzzentrum vorbei, eingerichtet vom Umweltverband BUND in der alten Schlaubemühle. Den Nutzen von Meisen, Bienen, Igeln und vielen anderen Tieren und Pflanzen erläutern Schrifttafeln.

Manchmal öffnet sich eine ebene Fläche, und das Wasser verteilt sich in sumpfigen Erlenwäldern. Etliche Seen passiert das Flußwasser, ehe es in Müllrose ankommt und in den Oder-Spree-Kanal mündet. Die Seen blieben als eiszeitliche Relikte zurück. In früheren Jahrhunderten trieb das Flüßchen etliche Wassermühlen an. Davon zeugen Namen wie „Kupferhammer" oder „Ragower Mühle", die heute um einkehrende Gäste werben. Von der Mittelmühle sind nicht mehr als ein paar Steine aus dem Fundament übrig geblieben. Zuletzt diente sie noch als Jugendherberge. Die Bremsdorfer Mühle besitzt als einzige noch ein sich drehendes Mühlrad, doch auch dies mehr als touristische Attraktion für die Gaststätte.

Ein Fahrradfahrer folgt dem kurvigen Wanderweg entlang der Schlaube über etliche Kilometer. Gelegentlich drosselt er seine Fahrt. Gleich neben ihm geht es tief in die Schlucht, unten das kühle Naß und oben der Weg beengt. Er kommt vorbei an der Kieselwitzer Mühle, Gebäude, die freilich so gar nicht danach aussehen. Gegenüber ein Einfamilienhaus, doch das Betriebgelände sieht eher verlassen aus. Dort tummelt sich ein

Fuchs. Vor dem Radfahrer kennt er keine Scheu. Selbst als dieser ihn mit einer Handbewegung wegscheucht, bleibt er stur an seinem Platz und zeigt nicht die geringste Regung abzuhauen. Doch er sah erbärmlich aus. Am gesamten Hinterteil erschien das Fell wie kurz geschoren. Er litt unter der Räude.

Vorbei an einigen Fischteichen, tritt der Radler hurtig in die Pedale. Jedoch wird er plötzlich überrascht, bremsen nützt nichts mehr. Er schwenkt die Füße hoch und fährt wasserspritzend durch ein kleines Rinnsal, kaum einen halben Meter breit. Zum Glück ließ es sich wie eine Furt durchqueren und war nicht allzu tief.

Von Dammendorf kommend, führt eine schmale Straße mit Kopfsteinpflaster durch den Wald. Erreicht man den Hammersee, erkennt man hoch oben auf dem Berg das Forsthaus Siehdichum. Um die Schlaube auf einer Brücke zu queren, macht die Straße einen Schlenker und führt dann hinauf zu einem buchenbewaldeten Bergrücken. Einst hatte der Neuzeller Abt Gabriel Dubrau 1746 für Jagdzwecke sein Domizil hier aufgeschlagen.

Ein junges Pärchen wandert am Langensee und Schinkensee entlang und bewundert einige große Riesenlebensbäume am Ufer. Oben am Forsthaus angekommen, gehen sie zunächst auf die Holzterrasse. Von hier hatte man durch die Baumstämme einen herrlichen Ausblick auf den Hammersee. Einem Jagdschloß sieht das geräumige Gebäude zwar nicht ähnlich, aber für eine Försterbehausung fällt es auch wieder etwas zu luxuriös aus. Die beiden studieren das Speisenangebot draußen im Kasten und werden sich lange nicht einig. Am Ende entscheiden sie sich für eine Steinpilzsuppe mit kräftiger Brühe, dazu eine Faßbrause, er ein Bier. Die übrigen Gerichte sind so teuer, mit ihren beiden kargen Lehrlingsgehältern sind sie nicht in Einklang zu bringen. Aber gemütlich ist es drinnen dann doch, als sie die schwere hölzerne Eingangstür, darüber das Geweih, geöffnet und weiter in die Speiseräume gehen.

Am Nachmittag wandern sie weiter, kommen allmählich aus dem Wald heraus und streifen mehr und mehr Felder, umrahmt von Kieferngehölz. Auf einem Acker stolzieren zwei Kraniche und stoßen ihr „Krejoh, Krejoh“ aus. Erst nach einer Weile erheben sie sich in die Luft, landen kurz darauf, starten wieder und fliegen davon in die Weite ...

Marita Wilma Lasch

Rund um Frau Zeit

Eigentlich brauche ich gegenwärtig jede Minute Zeit, mehr Zeit als ich zunächst dachte, um mein erstes Buch „Summa summarum: Die Tiere meines Lebens v o r , w ä h r e n d und n a c h meiner Tiermanie" auf seinen Weg zu bringen. Dennoch nehme ich mir jetzt die Zeit, die Gedanken, die mir – vorwiegend letzte Nacht; ich weiß, das ist eine recht ungenaue Zeitangabe! – über sie einfielen, aufzuschreiben und damit Ihnen, liebe Leserin, lieber Leser, zu präsentieren.

Nur nebenbei: Vielleicht ist es Ihnen aufgefallen: Bis jetzt ist die Zeit bereits dreimal und Komponenten von ihr (gegenwärtig, jetzt, Leben, Minute, nach, Nacht, vor, während, Zeitangabe) sogar schon neun Mal aufgetreten! Wenn Sie Lust dazu haben, können Sie ja am Ende dieses Essays (oder dieser Glosse?) ein Spielchen initiieren: Lassen Sie oder schätzen Sie selbst, wie viele Male der Begriff „Zeit" und ihre Komponenten hier genannt werden! Immerhin ist der Begriff sowieso neben dem Wetter der meist gebrauchte Gesprächsstoff der Menschheit, die zunehmend in unserer Zeit keine Zeit zu haben scheint, sich aber auf „Zeit" reimt. Smileys darf ich ja in „literarischen Texten", selbst wenn diesen ein Lächeln gebührt, nicht verwenden!

In meinem oben genannten Buch geht es natürlich auch um Erinnerungen – schließlich besteht meine Lebenszeit aus bald 80 Jahren, die in das Buch mit einfließen. Das Sinnbild eines fließenden Stroms ist wohl das passendste im Zusammenhang der Bedeutungssuche die Zeit betreffend. Langzeit- und Kurzzeiterinnerungen, in deren Besitz ich zum Glück noch größtenteils bin (ich habe gelesen, dass das Vergessen bereits mit 20 Jahren beginnt!) sind für mich sozusagen die Früchte der Zeit oder auch gebackene Teilchen oder zum Mosaik formbare Steinchen. Diese drei Bilder sind wiederum passend, weil sie genießbar, aber auch verfault oder verbrannt oder verhärtet sein können. Sie erfuhren im Strom der Zeit Aggregatsveränderungen. Auf Bilder komme ich noch zurück, jetzt (= zu diesem Zeitpunkt) will ich aber erst erklären, warum ich über „F r a u Zeit" schreibe.

– Ersteinmal gibt es einen ganz objektiven Grund im Zusammenhang mit der nicht einfachen Grammatik unserer Sprache: d i e Zeit besitzt einen weiblichen Artikel (der, d i e , das = Genus = lateinisch: Geschlecht).

Dann, wie gesagt, bäckt sie Erinnerungen (was etwas an den Haaren herbeigezogen ist, denn das können auch männliche Exemplare, aber ...) „Der Zeit" klingt in meinen Ohren schrecklich – oder man müsste es zusammenschreiben, dann wäre es in Ordnung. Auch legitim sind zusammengesetzte Worte wie „der Zeitabstand" oder „der Zeitaufwand"; aber bei dieser Art von Wortbildung ist ja das zweite Wort für den geschlechtlichen Artikel verantwortlich. (Das ist übrigens ein hier falsch angewandter Begriff: Verantwortung kann nur ein Mensch für einen anderen Menschen, ein Tier oder eine Sache übernehmen und nicht eine Sache für eine Sache. Ich müsste also eigentlich umformulieren. Aber dazu habe ich keine Zeit; das ist oft eine ganz schlechte Ausrede von mir und den meisten Mitmenschen. Es gelingt nämlich fast immer, Zeit zu finden, etwas zu sagen oder zu tun, was einem wichtig ist.)

Jetzt ist es Zeit, zur Grammatik zurückzukehren: Wenn man „das" für die Zeit verwenden würde (Das Zeitlein gibt es nicht und es wäre erst recht leicht verrückt), käme womöglich gleich „Das Zeitliche segnen" in den Sinn und das muss ja nicht sein, obwohl es eng mit dem Wesen der Zeit verbunden ist.

Zur Klärung habe ich einfach mal „der, die, das" bei Google eingegeben und bin auf Erstaunliches gestoßen, das ich Hier und Jetzt kurz ansprechen will, weil es für mich ein Gewinn war: Die Zeit, also Frau Zeit, enthält auch alle (männlichen) Jahreszeiten, also (dekliniert = gebeugt) den Frühling, den Sommer, den Herbst und den Winter. Der Herbst herrscht jetzt, die Blätter der Bäume fangen an zu erröten und zu vergilben. Frau Zeit färbt auf die Jahreszeiten ab oder färbt sie, die alle den maskulinen Artikel vor sich hertragen. Außer dem Wetter (erwünscht: Schnee) wissen wir, was uns Christen der Winter in steter Regelmäßigkeit beschert (übrigens nach der umstrittenen künstlichen „Zeitumstellung" von der Sommer- zur Winterzeit): Wir hasten alle Jahre wieder durch die Adventszeit, mit der wir uns auf die Weihnachtszeit vorbereiten sollten. In der Vorschau darauf färbt Frau Zeit übrigens bereits den Oktober so großzügig golden, dass viel für festliche Dekorationen im nachfolgenden Jahr übrig bleibt. Deswegen halte ich den Brauch mancher Mitbürger, üppigen Weihnachtsschmuck das ganze Jahr über in der Wohnung zu belassen, für überflüssig. Allerdings gibt es für besonders Süchtige auch die Möglichkeit, weihnachtliche Accessoires das ganze Jahr über zu erwerben. Ein solches Angebot fand ich erst kürlich in meinen Werbe-Emails. Da fällt mir ein, dass ich zwei Frauen kannte und kenne (eine von Ihnen, eine Kollegin, I. J., ist schon lange tot, die andere ist meine neue Freundin im Haus, L. A.), die das ganze Jahr über Weihnachtsgeschenke für ihre

Lieben horten! Weihnachten kommt ja auch in der Regel so schnell, dass keine Zeit zum Einkauf von Geschenken verbleibt! Für manche Frauen ist es dann schon ein Geschenk, dass ihre „Bessere Hälfte" überhaupt an Weihnachten gedacht hat. Dasselbe gilt bekanntlich oft für andere Gedenktage, die gefeiert werden sollten.

Noch einmal zurück zur Weihnachtszeit mit einer Nachricht: Frau Zeit trifft natürlich auch in ihr – Verzeihung: in sich – den Weihnachtsmann, wohl einen verspäteten Nikolaus, der eigentlich nur die Adventszeit verschönern soll. Denn an Weihnachten feiern wir die Geburt von Jesus Christus, was Historiker vom angesetzten Zeitpunkt her als Falschmeldung entpuppt haben.

Und noch einmal zurück zur Grammatik, in die ich mich eine Weile verbissen habe: Frau Zeit umarmt alle zwölf (männlichen) Monate und alle (männlichen) sieben Tage der Woche. Nur die Wochen selbst sowie Stunden, Minuten und Sekunden unserer Zeiteinteilungen sind wie Frau Zeit von weiblichen Artikeln begleitet. Interessant, finde ich!

Im Internet zu finden sind auch Endungen, die Hinweise auf feminines Genus geben; die folgenden Angaben von Beispielen sind teilweise übernommen:

– *e Bratsche, Ente, Flöte, Geige, Lampe ...*
– *ei Datei, Litanei, Partei ... (stimmt nicht für Rührei, weil d a s Ei ausschlaggebend ist.)*
– *heit Albernheit, Bissigkeit, Christenheit, Einheit, Gelegenheit, Krankheit, Zufriedenheit ...*
– *ie Anämie, Anarchie, Aristokratie, Diplomatie, Idiotie, Melodie, Psychologie ...*
– *in Arbeiterin, Ärztin, Köchin, Prinzessin ...*
– *neu: keit Achtsamkeit, Artigkeit, Einsamkeit, Nachhaltigkeit, Störrigkeit, Überheblichkeit ...*
– *schaft Anwartschaft, Freundschaft, Gewerkschaft, Mannschaft ...*
– *t Einsicht, Fahrt, Nacht, Schnelligkeit, Tat, ZEIT ...*
– *tung Erleuchtung, Leitung, Umleitung, Zeitung ...*

Probieren Sie's aus, liebe Leserin, lieber Leser, indem Sie die Beispiele vermehren – es funktioniert! Vielleicht ist dieser Fund auch für Deutsch lernende Ausländer eine winzige Hilfe.

Außer diesen Spielereien, die zur Wahl der Personalisierung der Zeit führten, tauchten bei mir aus dem Strom, den ich „Frau Zeit" genannt habe, zwei weitere Erinnerungen auf, nämlich – an Luise Rinser, die in einem wunderbaren Essay „Ja – Sagen zum Leben" unter anderem von einem schwerkranken Freund erzählt, der bei Berichten über seine Er-

krankung im familiären Kreis immer diese personalisierte, also von „Frau …“ sprach. Das finde ich nachahmenswert und auf irgend eine Weise entlastend. (Wenn es eine Krankheit ist, zu der ein „der“ gehört wie z.B. „der Krebs“, könnte man sie eventuell mit „Herr“ ansprechen. Smiley).
– Und zuletzt erinnerte ich mich an eine geliebte, lange verstorbene Benediktinerin, die mir in Fulda, wohin ich kurz vor dem Abitur 1963 in ein zum vorherigen Wohnsitz, München, unterschiedliches Schulsystem katapultiert wurde (Familienzusammenführung nach der Versetzung meines Vaters), Französisch-Nachhilfe erteilt hat. Das w a r F r a u Sophia – so nennen sich die Benediktinerinnen mit höheren Weihen. Die Nonnen mit niedrigeren Weihen – z.B. auch die reizende Pfortenschwester dort, die mich als Evangelische verbotener Weise in den Kreuzgang blicken ließ, – werden – oder wurden? – mit „Soror“ (= lateinisch: Schwester) angesprochen.

Das Nachdenken über Frau Zeit hat für mich zwei persönliche Geschichtsabschnitte: einen, der lange zurückliegt, bzw. etappenweise verlief, d.h., ich habe immer einmal wieder über die Zeit nachgedacht und – als ich dessen fähig war (ungefähr seit 2003) – im Netz recherchiert. Dieser Geschichtsteil endet mit einem Gesprächsfetzen von meinem Jugendfreund Erwin, den ich seit fast unglaublichen 61 Jahren gut kenne. Bei einem seiner Besuche in meinem neuen Lebenskreis sagte er beim Aufrollen eines nicht fertig geführten Gesprächs über die Zeit, zu der bekanntlich d i e Vergangenheit, d i e Gegenwart und d i e Zukunft gehören: „Die Gegenwart? Die gibt es gar nicht!“ Dieser Gedanke war mir zunächst recht fremd. Als Erwin wieder in seinen Lebensraum (Fulda) zurückgekehrt war, dachte ich darüber nach und es schwante mir, dass er, der komponierende Jurist, Recht hatte. Was ich jetzt tue oder was jetzt geschieht, ist schon gleich, in Sekundenschnelle, Vergangenheit. Aber es hat eine Wirkung in Richtung Zukunft, manchmal in mir selbst und manchmal nach außen. Deswegen ist die bekannte Aufforderung „Carpe diem“ (lateinisch: Pflücke den Tag) es wert, in die Tat umgesetzt zu werden; damit ist sie auch recht hilfreich. Die Allgemeingültigkeit der Volksweisheit „Die Zeit heilt alle Wunden“ zweifle ich allerdings an. Auch nicht einverstanden bin ich mit der auch teilweise bei Wissenschaftlern vertretenen Ansicht, dass Tiere kein Zeitgefühl haben. Zumindest Haustierbesitzer werden meinen Widerspruch durch mancherlei Erfahrungen verstehen.

Diese Überlegungen bringen mich wieder zurück zu meinem Buch, bei dem ja schon durch den Titel (siehe oben) die Beziehung zu Frau Zeit deutlich wird. Das führt mich zu meiner neueren Geschichte mit ihr.

Dass sie mich etwas in Zeitnot bringt, übergehe ich hier. Ich will Ihnen aber verraten, dass ich in einem Teil des Vorwortes über meine fünf bisherigen Anläufe zur Buchverfassung schreibe. In einem (teilweise) unveröffentlichten Manuskript geht es um die Partnersuche von Senioren (Titel: „Meine inter–netten Männer"). Besteht mein Jetzt-Buch aus sieben Teilen, hätte jenes Buch nur drei Teile mit Namen „VERGANGEN-HEIT – GEGENWART – ZUKUNFT?" gehabt.

Ich hielt es für angemessen, mein nun erstes Buch mit Gedanken zur Zeit zu beenden, weil ich in ihm schließlich über etwa 75 Jahre meines Lebens berichte. Ist das eine lange oder kurze Zeit? Und sind die sechs Monate, die ich bisher am Buch schrieb, eine kurze oder lange Zeit? Das Empfinden dafür ist subjektiv und oft sehr unterschiedlich – und auf jeden Fall relativ. Das Inhaltsverzeichnis wurde jedoch deutlich zu umfangreich, sodass ich vor ein paar Wochen das Thema „Zeit" rausgeworfen habe. Während der Stoffsammlung dafür hatte sich sowieso herausgestellt, dass ich schon einmal über die Zeit schriftlich sinniert habe (in der Anthologie des Literaturpodiums „Geschichte, Kultur und Philosophie" gegen Ende eines langen Beitrags mit dem Titel „Tiere – Menschen – Engel"). Das hatte ich schlichtweg vergessen; aber ich kann manches der damaligen – der Band ist 2020 erschienen – Erarbeitungen auch hier verwenden. Damit fange ich gleich einmal an, allerdings mit Ergänzungen und Ordnungen, die sich erst später (Jetzt – die Zeit fließt, mitsamt ihrem Ballast!) ergeben haben. Einige Zeit verwendete ich darauf, mir und Ihnen zu beweisen, dass ich keineswegs faul bin.

Sie können die Ergebnisse überspringen: Ich stellte nach Geburtsdaten zusammen, wer von unseren berühmten Altvorderen in der Antike, im Mittelalter und der Neuzeit sich bahnbrechend mit Frau Zeit beschäftigt haben. Die Aufzählung ist gewiss nicht vollständig und, übrigens, die Namen nach Sartre habe ich, was ich zu meiner Schande gestehen muss, noch nie vorher gehört!:

Heraklit (ca. 520 - 460 v. Chr.)
Platon (428/oder 27 – 348/oder 347 v. Chr.)
Aristoteles (384 – 322 v. Chr.)
Plotin (205 – 270 n. Chr.)
Augustinus von Hippo (354 – 430 n. Chr.) (ihn hatte ich später im Kopf)

Was passierte geistesgeschichtlich vom frühen 5. Jahrhundert bis zum 13.? Für dieses Recherchen habe ich jetzt keine Zeit! Ich fahre fort mit *Meister Eckart (von Hochheim) (um 1260 – Anfang 1328).*

Mit ihm beschäftigte ich mich etwas länger. Smiley.

Der erste Blick in das Innere meines PCs hat mir Vieles – zum Teil für mich nicht auf Anhieb Verständliches – über ihn und von ihm bekannt gegeben: Er lehrte die Existenz eines „Unbeschreiblichen Einen", dessen Emanation (Ausströmung) das Universum sei. Das ist für mich eine akzeptable Gottesdarstellung. Gerechterweise lasse ich hier Meister Eckarts Aphorismen zur Zeit, die ich gefunden habe, weg und zitiere nur noch einen zur Weihnacht gehörigen (für mich unrealistischen) Gedankengang von ihm: *„Wenn du also dazu kommst, dass du um nichts mehr Leid noch Kummer trägst und alles eine reine Freude ist, dann ist das Kind in Wahrheit geboren."*

Heute Nacht war übrigens noch keine „Heilige" für mich: „Frau Phantasie", eine Genossin im Strom von Frau Zeit, wurde auf mich gespült und raubte mir den Schlaf, bzw. versetzte mich in Halbschlaf und ließ Gedanken sprudeln, die mit Meister Eckart wohl zum Teil in Verbindung stehen: Der Strom der Zeit hat demnach seine Quelle im Paradies. Dort bläst ihm der Atem des „Unbeschreiblichen Einen" ständig Energie ein mit dem Auftrag an Frau Zeit, diese in willkürlichen Mengen bei ihrem ruhigen oder stürmischen Fließen an seine Geschöpfe abzugeben, d.h. fließen zu lassen. Oder auszuströmen. Die Energie kommt also vom „Unbeschreiblichen Einen". Aus dem Strom (der ja ein Teekesselchen - Spiel ist!), dessen Wasser voller Energie vom „Unbeschreiblichen Einen" und deswegen ein Teil von ihm ist, haben die Geschöpfe jeweils unterschiedliche Mengen von Energie in sich. So entstehen unterschiedliche Lebenszeiten für seine Geschöpfe. Der Zerfall der Lebensenergien (der Tod) ist notwendig, damit der Strom nicht überladen wird. Denn der mündet im Himmel, verteilt sich dort, versickert und taucht im Paradies wieder auf. Dieser Vorgang wiederholt sich ständig, in unbeschreiblichen Abständen und unbeschreiblichen Mengen. Frau Zeit würde damit dem „Unbeschreiblichen Einen" helfen, Ewigkeit zu schaffen. Sie wäre demnach nicht mehr das Gegenteil von sich, wie heute gesagt wird („Was ist das Gegenteil von Zeit?":„Ewigkeit") …

Gültig wäre dann immer noch die Aussage: „Zeit ist Leben" Über dieses Thema hat die wunderbare Marleen Stoessel, die sogar noch ein Jahr älter ist als ich, in der Sendung „Glaubenssachen" vom NDRkultur mit dem Untertitel „Vom Wert der Zeit und über unseren Umgang mit ihr" 2022 einen sehr empfehlenswerten Vortrag gehalten, an den ich auf abenteuerliche Weise geraten bin (Hinweis: er ist kostenlos herunterladbar!)

Bevor ich noch Stellung nehme zu einer anderen Volksweisheit über Frau Zeit, sei die Liste illustrer Philosophen und Theologen, Denker und Dichter fortgeführt:

Isaac Newton (1642 - 1716 n. Chr.)
Voltaire (1694 – 1778) – beeinflusst von Newton
Gottfried Wilhelm Leibnitz (1694 – 1787)
Immanuel Kant (1724 – 1804)
Soren Kierkegaard (1813 – 1856)
Martin Heidegger (1889 – 1976
Jean Paul Sartre (1905 – 1980)
John McTaggart (1866 – 1925)
Heinrich Roth (1906 – 1983)
Ilya Prigogine (1917 - 2003)
Peter Rohs (geb. 1936)
Stephen Jay Gould (1941 – 2002)
Karl Czasny (geb. 1949)

Der andere Volksweisheits-Spruch über Frau Zeit, mit dem ich mich noch kurz an dieser Stelle auseinandersetze, ist – Sie ahnen es vielleicht schon – „Zeit ist Geld". Ich finde diesen Spruch abscheulich oder mindestens eine traurige Zeiterscheinung (von denen es eine ganze Reihe gibt). Ich bringe diese Aussage im Moment auch in Verbindung mit meinem Pflegedienst, den mir eine Schwester im Krankenhaus verschafft hat. Dort war ich gelandet, nachdem ich mir einen Monat nach meinem Einzug im Dezember 2021 einen Kniescheibenbruch zugezogen hatte, als ich über einen noch halb aufgerollten Teppich fiel. Ich bin an sich mit den Diensten der Pflegekräfte grundsätzlich zufrieden, aber …

Für ihre Dienste (Zucker Messen und Insulin Spritzen, was ich nicht selbst machen kann, weil sich aufgrund des im Krankenhaus festgestellten Zuckers eine massive Polyneuropathie entwickelt hat) sind jeweils morgens und abends fünf Minuten (!) vorgesehen. Im Moment verbringen die einzelnen Pflegekräfte also bei mir am Tag zehn Minuten, d.h. im mit 31 Tagen angesetzten Monat, 310 Minuten = knapp über fünf Stunden im Monat. Für diesen zeitlichen Einsatz werden monatlich 800 – 900 Euro berechnet (allerdings einschließlich Wegepauschalen). Wenn ich dieses Honorar zurückrechne (ca. 850 Euro : 31), zahle ich ca. 27 Euro pro Tag für 2 x 5 Minuten Behandlungspflege (je einmal Messen und Spritzen kostet also ca. 13,50 Euro). Und meine Krankenkasse übernimmt zurzeit nur eine monatliche Pauschale von 316 Euro …

Aus ökonomischen Gründen („Zeit ist Geld") das Pflegepersonal in ein so enges Zeitfenster einzuklemmen halte ich für ein Pferd mit Scheuklappen, bei dem die Qualität gegenüber der Quantität auf der Strecke

66

bleibt und die Bürokratie Menschlichkeit auffrisst: Gewiss gibt es bei den vielen – in erster Linie alten – Patienten ein großes Bedürfnis, von den sie mit Handreichungen versorgenden Menschen auch Zuspruch zu erhalten und kleine Gespräche zu führen, die ihre Einsamkeit vertreiben. Das oben genannte Subsystem („Ja, ja", sagte eine Pflegerin, „Raus aus dem Auto, rein ins Auto") trägt m.E. zum Versagen des Gesundheitssystems bei uns bei. Nicht nur die Patienten leiden darunter, sondern auch die Pflegenden, die in das Zeitsystem gepresst werden, wollen sie ihren Arbeitsplatz behalten, geraten zunehmend in Stress, weil dieses Fließbandsystem zusätzliche Belastungen bewirkt. Typisch für die Haltung des Staates mit dem Hintergrund „Zeit ist Geld" ist m.E. auch die Umbenennung der Patienten in „Klienten", d.h., hier stehen nicht kranke Menschen im Mittelpunkt, die Hilfe benötigen, sondern Menschen, die Kunden sind und für eine Ware zahlen …

Ich will schnell noch einen Aspekt von Frau Zeit aufblättern, der auf ihre sprachlichen Dimensionen hinweist oder wiederum als ein Spiel für Erwachsene verstanden werden kann. Für die Worte, die ich im Folgenden aufliste, gibt es drei Quellen; die meisten von ihnen dienten als Komponenten der Stoffsammlung für den oben genannten Beitrag im Band des Literaturpodiums. Nur – Smiley – diese musste ich neu alphabetisch ordnen, denn ich habe bei ihrer Entdeckung (drei Jahre nach ihrem Erscheinen!) festgestellt, dass sie völlig durcheinander geraten waren. Ich gehe davon aus, dass das Verrutschen – bei der Arbeitsbelastung der Lektoren verständlich – übersehen wurde. Dazu sagt James Joyce (1882 – 1941), ein irischer Dichter: *„Fehler sind das Tor zu neuen Entdeckungen."*

Die zweite Quelle war das nochmalige Melken meiner grauen Zellen und die dritte in Ermangelung der Beteiligung meiner Schülerinnen (diese Möglichkeit ist fast 20 Jahre her!) ein „Überfall" auf meine neue Freundin im Haus: Als sie zur wöchentlichen Klönstunde mit Piccolo erschien, legte ich ihr – zu ihrem Schrecken – Papier und Stift vor, damit auch sie ihre grauen Zellen melken möge. Zum Glück machte es ihr zunehmend Spaß!

Jetzt folgen also noch ganz viele Wörter oder Worte (beide weiblich, aber nur im Plural. Smiley), die sich alle um Frau Zeit drehen. Sie, liebe Leserin, lieber Leser, können die Aufstellung ergänzen oder zu jedem Wort sich einen Kommentar ausdenken oder sogar ein Essay schreiben – dann haben Sie – z.B. in der Adventszeit – gewiss keine Langeweile!

„Zeit" vorne:

Zeitabstand
Zeitalter
Zeitansage
Zeitarbeit
Zeitaufwand
Zeitausnutzung
Zeitbegriff
Zeitbombe
Zeiteinteilung
Zeitempfindung
Zeitenwende
Zeitgefühl
Zeitgenosse
Zeitgewinn
zeitgleich
zeitlebens
Zeitenwende
zeitlos
Zeitmesser
Zeitnot
Zeitpunkt
Zeitschrift
Zeitsprung
Zeitumstellung
Zeitverlust
Zeitverschiebung
Zeitverschwendung
Zeitvertreib
zeitweilig
zeitweise
Zeitwort
Zeitzoom

Übrigens: Die „Zeitenwende" gibt es gar nicht: Der Strom der Zeit kann wie jeder andere Strom nur vorwärts fließen. Und ich hoffe von ganzem Herzen, dass die Weltkrisen (Austrocknung, Erdbeben, Kriege, Überschwemmungen) bald Vergangenheit sind. Aber wenn ich mein Halbschlaf-Modell zugrunde lege, ist dieser Wunsch ziemlich unrealistisch: Alles Menschliche fließt zwar und vergeht, aber es kommt vielleicht – teilweise nach langer Zeit (Das ist, wie gesagt, ein relativer Begriff!

– bedenkt man z.B. dass es einmal eine „Steinzeit" gab oder wie lange die Bäume vor meinen Fenstern schon wachsen!) wieder (selbst in der Mode). Was sage ich da? Das würde ja auch die in manchen Religionen geglaubte Wiedergeburt nahelegen, an die ich nicht glaube. So vieles im Universum ist paradox (unbeschreibbar und widersprüchlich); da hilft Frau Zeit – vielleicht!

Zunächst jedoch schreibe ich hier den zweiten Teil der gefundener „Zeit – Worte" auf:

„Zeit" hinten:
Arbeitsteilzeit
Arbeitszeit
Auszeit
Kochzeit
Elternzeit
Entwicklungszeit
Fastenzeit
Freizeit
Halbzeit
Hochzeit
Jahreszeiten
Jetzt-Zeit
Laich-Zeit
Lebenszeit
Leidenszeit
Mahlzeit
Monsun-Zeit
rechtzeitig
Regenzeit
Sendezeit
Sommerzeit
Spargelzeit
Spielzeit
Steinzeit
Tageszeit
Todeszeit
Trauerzeit
Trockenzeit
Uhrzeit
Vollzeit
Wartezeit

Weck-Zeit
Zahn der Zeit
zurzeit

Zurzeit warten viele (besonders Kinder) auf die Weihnachtszeit. (Ich als Kind an Weihnachten auf's Christkind). Ich will deswegen mit einem Weihnachtsgedicht schließen, das für mich doppelte Bedeutung hat: erstens passt es zu diesem Essay und zweitens zitiere ich mich selbst (erteile mir also selbst das Copyright. Smiley.) Es wurde nämlich mit 25 anderen Gedichten von mir in dem Gedichtband „Gefundene Ruhe" der Dorante Edition erstmalig 2014 veröffentlicht. Das war für mich die Premiere einer Anthologie des Literaturpodiums. Inzwischen, also in den vergangenen zehn Jahren, tauchte ich in 20 weiteren Bänden auf – ein Jubiläum, das zu meiner Lebensqualität beiträgt! Hier das Gedicht:

Weihnachten paradox

Weihnachten – das Fest des gewordenen Lebens,
eine barocke Orgie des Gebens.
Diese Zeit zum frohen Gedenken
an Kindheitstage und mit lieben Geschenken!
Warum geschieht Wehes in dieser Zeit so oft?
Manche(r) schon hat vergeblich gehofft.
Manche(r) ist wie ich voller Trauer,
erlebt das Fest durch eine Tränenmauer.

In der Adventszeit bereiten wir uns vor –
Macht weit auf das Tor!
Hereinspaziert in die Zeit der Vorbereitung
kam für mich die Sterbebegleitung.
Die Zeit war angefüllt mit bangem Fühlen
und verzweifeltem Kraftquellen - Wühlen.
Denn drei Wochen vor dem großen Fest mussten wir erfahren,
dass mein Mann mit 75 Jahren
diese Welt verlassen muss.
Wie erwarteten wir die Geburt von Jesus Christus!
Festlichen Kerzenschein gab es nicht,
Dunkel löschte das werdende Licht.
Zwar fühlten wir uns im Palliativnetz aufgehoben

und mein Mann hoffte bewunderungswürdig auf Hilfe von oben.
Aber an Weihnachten kam der Tod,
brachte mich in große Not.

Niemals ist nun für mich Weihnachten wie es einmal war.
Sollte ich es verdrängen oder verneinen gar?
Gewohnt üppige Dekoration als Äußerlichkeit?
Nein: ich weiß jetzt: Weihnachten ist der Anfang der Ewigkeit.
In jedem Leben wohnt der Tod,
ich male das Leben schwarz und rot.
Wo das Leben beginnt, der Tod erwartet uns schon.
Ein Vorbild dafür ist Gottes Sohn.

Ich wünsche Ihnen von Herzen, liebe Leserin, liebe Leser, dass Sie Energie und Zeit finden, Mitmenschen an diesem Fest und auch danach Zeit zu schenken!

Marita Wilma Lasch

Meine Ansprache im Taufgottesdienst in St. Nikolaus in Groß-Schwülper am 9. November 2008

„Ich danke Ihnen, lieber Herr Pastor Mehlin und der Kirchengemeinde von St. Nikolaus, dass Sie mir genehmigt haben, den größten Teil meiner Engelsammlung in Ihrer schönen Kirche auszustellen.

Als ich in elfstündigem Aufbau die Engel geordnet hatte, war ich überwältigt. Eine Besucherin hat es mir zugesprochen: „Es muss ein schönes Gefühl für Sie gewesen sein", sagte sie „Ihre Engel alle auf einmal in so schöner Umgebung zu sehen!" Das stimmt – für mich ist es das erste Mal, dass ich meine Sammlung so geballt sehe: Viele stehen in meiner Wohnung – die Zeitung hat sie photographiert –, die meisten aber ruhen nach einer Ausstellung in Leiferde in Kisten.

Beim Dekorieren fiel mir aber auch wieder mahnend mein Deutsch-Abitur-Thema ein: Es hieß: „Non multa, sed multum", übersetzt „Nicht vieles, sondern viel." Das „viel" heißt für mich, den Dingen nach Möglichkeit Tiefe zu geben.

Dieses Thema ist vielleicht auch ein wenig zu einem solchen meines Lebens geworden …

Weil ich mich beim Sammeln aber nicht auf einige oder eine Luxusmarke (Goebel, Thun – Bozen, Wendt und Kühn aus dem Erzgebirge) beschränke, steht hier im Altar-Rondell aber vieles: alte und neue, herkömmliche und ausgefallene, kleine und große, lustige und ernste, schöne und „hässliche"… Engel. Insofern spiegeln sich in den Ausstellungsstücken auch die Gegensätze und die Vielfalt der Menschen – abgesehen davon, dass es nach einer jüdischen Lehre in sieben Himmeln 34.720.000.000 (in Worten: vierunddreißig Millarden siebenhundertzwanzig Millionen) Engel gibt! Es resultiert die Einsicht, dass alles relativ ist: Zum Beispiel gibt es einen Mann, Fischer, der mit seinen über 12.000 Engeln im Guinessbuch der Rekorde steht; solchen Ehrgeiz habe ich nicht.

Zu vielen meiner Engel gibt es Geschichten. Manche sind Anlass zu menschlichen Begegnungen, die mir wichtig sind. So bin ich auch über ebay an eine Hannoveraner Künstlerin, Vera Oelmann, geraten, die in ihrem „Regenbogen-Atelier" ihre Lebensaufgabe darin sieht, peruanische Waisenkinder zu unterstützen. Sie hat viele Engel gestaltet, die sie dann über ebay veräußert. Auf den Stühlen vor den Ausstellungstischen hier habe ich meine doppelten und übrigen Engel zum Verkauf hingelegt. Suchen Sie sich vielleicht etwas vom Rest aus. Den Reinerlös in der geschlossenen Dose schicke ich nach Hannover. Informationen über das peruanische Kinderdorf-Projekt liegen aus. Mit dem Kauf erfüllen Sie also ein gutes Werk – und ich auch!

Im Zusammenhang mit dem Verkauf habe ich am Mittwoch einen wunderbaren Christenmenschen erlebt. Diese Geschichte möchte ich Ihnen erzählen: Mit fünf Betreuern waren sechs Schwülperaner Altenheimbewohner hier. Eine Besucherin stürzte sich auf eine Spieluhr, die ihr aber dann zu lang spielte; eine andere Besucherin hatte sehnsüchtig den Vorgang beobachtet. Dann fragte sie mich bescheiden: „Ist die Spieluhr noch zu haben? Ich möchte sie so gerne meiner Schwiegertochter zu Weihnachten schenken. Sie sammelt Spieluhren." Es stellte sich aber heraus, dass die alte Dame kein Geld dabei hatte, ja, eine Betreuerin wollte erst überprüfen, ob sie überhaupt welches auf dem Konto habe. Und dann folgende anrührende Szene hinter meinem Rücken: Der einzige Herr der Gruppe – 80 Jahre alt und der einzige, der nicht im Rollstuhl saß –, sagte leise zu der Dame: „Hier haben Sie fünf Euro. Ich mag Sie gerne und Sie sollen Ihrer Schwiegertochter die Spieluhr zu Weihnachten schenken können!"

Engel sind für mich in erster Linie Botschafter Gottes, sie können bekanntlich auch Menschen sein.

Ich werde oft gefragt, wie es zu meiner Engel-Leidenschaft kam. Das will ich Ihnen auch noch stark verkürzt erzählen: Unsere Mutter – die heute hier anwesend ist – war für meinen Bruder (der auch hier ist) und mich zum Beispiel – solange wir zuhause wohnten – ein „Adventsengel": An jedem Adventssonntag lag für jeden von uns eine Kleinigkeit – ein Keks, eine Kerze, ein Kringel, ein Zweig – vor dem Frühstück vor der Türe unseres Esszimmers.

Ich wurde zu einer Sammlerin, auch von allgemein Weihnachtlichem. Und dann organisierte ich in der Wolfsburger Ergotherapieschule, dem Ort meines beruflichen Wirkens vor meiner Berentung, eine Abschlussfeier nach der dreijährigen Ausbildung mit dem Motto „Engel". Die Einzelheiten dazu zu erzählen, würde zu lange dauern. Jedenfalls nahm dafür seit 2001 meine Engel-Sammel-Leidenschaft ihren Lauf.

Um die Dimension der Tiefe noch einmal anzusprechen: Ich verlese Ihnen einen Text, der, wie ich meine, zu diesem Gottesdienst passt: Es handelt sich um Zitate aus meiner Abschlussrede in meiner Schule von 2002. In seinem Buch „Auf den Spuren der Engel" beschreibt P. J. Berger einen menschlichen Grundzug: die Sehnsucht nach Ordnung. Er sagt: *„Jede*

Gesellschaft ist eine Ordnung, eine schützende Sinnstruktur im Angesicht des Chaos. Das Leben des Einzelnen und der Gruppen ist innerhalb dieser Ordnung sinnhaft. Außerhalb, ihrer Ordnung beraubt, stehen Einzelne oder Gruppen ... dem Schrecken des Chaos gegenüber. Jede ... ordnende Geste ist ein Zeichen der Transzendenz, mit deren Durchscheinen das Vertrauen in die Wirklichkeit verbunden ist.“

Als Beispiel nennt Berger die Mutter, die ihr ängstliches Kind beruhigt. *„Die Mutter hat die Macht, das Chaos zu bannen und die Wohlgestalt der Welt wieder herzustellen: Sie zündet ein Licht an, sie spricht zu ihrem Kind, singt ihm ein Schlummerlied. Der Grundton ist auf der ganzen Welt derselbe: ,Hab' keine Angst, a l l e s   i s t   i n   O r d n u n g.‘“* Soweit Berger.

Auch Engel leben in Ordnungen – geheimnisvoll, auf i h r e Weise. In der alltäglichen, gewöhnlichen menschlichen Wirklichkeit geben Engel Signale des Transzendenten. Es gibt viel mehr als das, was wir sehen!

Mit Christa Spilling-Nöker beende ich diese Einführung zu meiner Engelausstellung im Taufgottesdienst:

Möge dich ein Engel auf deinen Wegen behüten
Und dich vor allem Dunklen bewahren.
Möge er deine Sorgen tragen helfen
Und dein Leben von innen her erwärmen und erleuchten
Und dir die Gewissheit schenken,
dass es gut ist, dass es dich gibt.

Jetzt gebe ich den Täuflingen, bzw. deren Familien, die Kopie eines wunderbaren Artikel: „Der Engel des Lichts“, geschrieben von dem von mir bewunderten Benediktiner-Mönch Anselm Grün.“

Anmerkung: Dieses Buch empfehle ich aufs Wärmste: „Engel für das Leben“, Jubiläumsausgabe Herder Spektrum 40 – Freiburg, Basel, Wien, 2001; ISBN 3-451-27700-X

Gabriele Guratzsch

Gleicher Klang und doch anders
– mit Spannung durch's Jahr

Frühling
säen und sehen und die Seen:
Wir säen die Sonnenblumensamen und sehen schon die Sonnenblumen
im Voraus sowie die warmen Seen.
Deinen Beeten und das Beten:
Du gibst deinen Beeten genügend Fürsorge und ich schätze das Beten,
um für Andere zu sorgen.
misst und der Mist:
Du misst immer noch nach. So ein Mist.
messe und die Messe:
Ich messe nicht mehr, sondern gehe zur Messe.
lehren und leeren:
Ich lehre und leere zum Teil einigen Müll.
Dusel und Dussel:
Noch ganz im Dusel folgte sie dem Dussel.
Biss/biss und bis:
Er biss zu. Der Biss schmerzte ihr sehr. Sie sagte zu ihm: „Bis morgen
– bei der Polizei – wegen deines Bisses."
Das Rad und der Rat:
Lieber mit einem kaputten Rad unterwegs sein als einem schlechten Rat
folgen!
reizen und reißen und reisen:
Wir lassen uns nicht reizen, reißen das Blatt ab und reisen ins Land der
Nächstenliebe.
wahr und war:
Es ist wahr, dass ich dabei war.
wider und wieder:
„Das ist mir zuwider." Ich sage es immer wieder.
Mine und Miene:
Er fand die Mine mit entsetzter Miene. Schnell wollte er eine Skizze ma-
chen, doch die Mine des Stiftes war abgebrochen.
Lider und Lieder:

Ich schminke mir die Lider und singe fröhliche Lieder.
Rasen und rasen:
Die Kinder rennen über den Rasen, während die Autos auf der Straße
rasen.
Mail und Mehl:
Du schreibst die Mail und ich backe noch einen Kuchen mit Mehl.
Die Waage und wage und vage:
Es ist dir zu vage, zu verzichten auf die Waage? Wage dich anzunehmen,
wie du bist: So schön!

Sommer
bunt und der Bund:
Das Leben ist bunt und wir pflegen unseren Bund.
Sigel und Siegel
Das Herz ♥ ist als Sigel für die Liebe zu ihr, aber seinen Brief an sie ver-
schließt er mit einem Siegel.
bat und Bad:
Schon gestern bat ich doch darum, dass wir zusammen ins Bad zum
Schwimmen gehen. Da macht es doch viel mehr Spaß!
mehr und Meer:
Du willst noch mehr? Dann fahren wir ans Meer.
Weide und Weite:
Du musst nicht auf die Weide gehen. Schafe gibt es überall – in der Nähe
und in der Weite.
platt und Blatt:
Sag es nicht platt, fülle liebevoll das Blatt! Und schau doch mal, das schö-
ne Blatt vom Baum!
V/v und Pfau:
Du überlegst, ob du das Wort mit V/v schreibst, wie bei Vogel oder
verzeihen. Zum Schluss möchtest du stolz wie ein Pfau über dich selbst
sein.
Bären und Beeren:
Erst gehen wir in den Zoo, besuchen die Bären. Danach pflücken wir im
Garten die Beeren.
mal und Mahl:
Wir treffen uns mal zu einem guten Mahl und ich zeige dir eine Skizze
vom Bild, das ich vielleicht mal.
reich und das Reich:
Reich dem Hungrigen das Brot! Dann wirst du reich und das Reich des
Himmels ist schon hier.

Seide und Seite:
Du brauchst kein Gewand aus Seide. Zeige dich einfach von deiner guten Seite.

Herbst
Hütte, Hüte und hüte:
Du brauchst auch nicht noch eine größere Hütte und noch mehr Hüte. Ich bitte dich, hüte einfach deine Bescheidenheit!
Wahl und Wal:
Verzichte nicht auf die Wahl, sondern viel besser auf den Wal. Iss ihn nicht! Vergiss die Wahl nicht!
hohl und hol:
Sei nicht hohl und den Stimmzettel dir hol!
singen und sinken:
Der Eine singt und der Andere sinkt.
viel und fiel:
Es war zu viel. Sie fiel.
leiten und leiden:
Zwei leiten schlecht und viele leiden darunter.
Spind und spinnt:
Der ganze Ärger passt nicht in den Spind, weil Einer mehr als der Andere spinnt.
weg und Weg:
Sie gehen weg und suchen nach einem neuen Weg.
Glotz und Klotz:
Glotz nicht ständig in den Fernseher. Schau lieber, wo du einen Klotz aus dem Weg räumen kannst.
Herz und Hertz:
Das freut nicht nur dein Herz. Auch die Frequenz dessen erhöht sich. Bei wie viel Hertz ist sie nun?
sägen und Segen:
Du brauchst nicht zu sägen, aber stets den Segen.
wer und wehr:
Wer hat dir das angetan? Wehr dich und hole dir Hilfe!
rächen und rechen:
Räche dich nicht! Reche deine Wut zusammen und schmeiß sie in den Müll.
Stiel und Stil:
Hexen reiten auf ihrem Stiel. Bewahre dir stets deinen guten Stil.
Pflüge und Flüge:

Pflüge den Acker gut. Die Flüge ins Schlaraffenland gibt es leider nicht.

Winter
lass und las:
„Lass uns das Buch zusammen lesen!" Du antwortest: „Ich las es schon!"
Stadt und statt und Staat:
„Du kennst schon das Buch über diese Stadt? Dann lass uns doch statt ihm das Werk über den ganzen Staat lesen."
Klinken und klingen:
Lasst uns nicht die Klinken auf Hochglanz polieren! Die Harmonie soll klingen!
weiße und weise und Waise:
Das Haar des alten, weisen Mannes ist schon ganz weiß. Er denkt an seine Kindheit zurück, als er plötzlich ein Waise wurde. Der weiße Schnee fällt vom Himmel.
offen und Ofen:
Die Tür für dich und ihn ist offen und ich heize bereits den Ofen.
Gans und ganz:
Da hinein kommt gleich die Gans und ich sage dir: „Ich lieb dich ganz."
Ente und Ende:
Und wenn am Ende es nicht reicht, habe ich auch noch eine Ente.
Wende und Wände:
Die Wende der Traurigkeit und Einsamkeit ist da. Und schaut euch doch an die bunt geschmückten Wände.
Saat und satt:
Die Saat der Liebe lasst uns pflegen. Daran wird man doch nie satt!
lasst und Last:
Lasst uns die Last des alten Jahres noch beseitigen!
Ähre und Ehre:
Die Ähre derer reichen wir zur Ehre: Der Güte und des Gutem!
Wert und währt:
Das Gute hat seinen Wert und die Liebe währt ewig.

Margaretha Freiin von Ketteler

Frostige Symphonie

In Winter's Nacht, wo Stille hält Gericht,
Der Frost regiert, die Erde ganz erbleicht.
In Mondesglanz entsteh'n Kristallgesang,
Frostige Symphonie, der Kälte Drang.

Die Bäume steh'n im weißen Kleid,
Gefangen von des Winters Kältezeit.
Ein leises Säuseln, wenn der Wind erzählt,
Frostige Symphonie, die Welt beseelt.

Die See erstarrt in stummer Majestät,
Vom Frost umfangen, eine stille Fähr'.
Die Sterne funkeln, hell am Himmelszelt,
Begleiten die Symphonie, die ewig hält.

Doch mit des Morgens ersten Sonnenstrahl,
Zergeht der Frost, verweht im Lichtgemahl.
Die Symphonie vergeht, doch bleibt im Sinn,
Ein Hauch von Winter, der in uns drin.

Margaretha Freiin von Ketteler

Weihnachtschaos

Am Heiligen Abend, besinnlich und fein,
da sitzen wir alle beisammen im Schein.
Die Kerzen, sie flackern, der Baum, er erstrahlt,
das Christkind hat Glanz in die Stube gemalt.
Die Kinder, sie warten mit leuchtenden Blicken,
auf Päckchen und Naschwerk, auf Freude und Kicken.
Der Weihnachtsbraten brutzelt, die Gans in der Röhre,
Die Mutter, sie schnibbelt grad' an einer Möhre.
Die Tante aus Bremen, so munter und schlau,
erzählt von den Reisen, wir hören genau.
Die Oma am Tisch, mit dem Keks in der Hand,
erzählt von vergangenen Zeiten, dem bunten Band.
Doch plötzlich ein Knall, es klirrt und es scheppert,
die Katze hat flink einen Tannenball zerdeppert.
Die Kinder lachen, die Erwachsenen stöhnen,
doch alles in einem wird es uns nicht mehr stören.
So feiern wir fröhlich, mit Herz und mit Lachen,
die Festtage, die keiner je wird vergessen, ohn' Krachen.
In dieser Stunde, so klar und so heiter,
wünsch ich euch allen: Frohe Weihnachten, ihr Lieben, jetzt weiter!

Aline Fries

Weihnachtsliebe

Sieh der Baum, die Kugeln funkeln,
im Schein der Kerzen, noch im Dunkeln.
Schön verpackt liegen die Päckchen,
Schokolade fein, in kleinen Säckchen.
Kinderaugen schau´n heimlich leis,
aus dem Fenster, nach dem Schnee so weiß.
Am nächsten Tag, alle sind dabei,
zu schmücken, zu decken, mit manch Leckerei.
Der Duft nach Essen, lecker fein,
lässt festliche Stimmung mit herein.
Der Kamin ist an, es riecht so gut,
das Feuer verzaubert mit seiner Glut.
Kinderlachen, Freude pur,
es sind nicht die Geschenke nur.
Liebe ist es, die über allem liegt,
Liebe ist es, die uns in Wohlsein wiegt…

Aline Fries

Schneewelt

Der Weg vor mir ganz weiß vom Schnee,
die Bäume glitzern, vereist der See.
Die Kälte schneidet tief hinein,
doch könnt' kein Ort je schöner sein.
Wie ein Palast aus Schnee und Eis,
die Flöckchen schweben gar so leis'.
So viel Zauber und Freude hier,
die Stille, wie gefällt es mir!
Der Wald ist weiß, komplett bedeckt,
alles hier ist unterm Schnee versteckt.
Wie ein Tunnel, ein Palast schon bald,
gibt es nichts schöneres, als diesen Wald.
Atme tief, die eisige Luft,
es ist ein zauberhafter Duft.
So laufe ich weiter, den Zauber genießen,
und lasse die Kraft der Schneewelt durch mich fließen.

Angela Hilde Timm

Advent

Erlischt des Sommers Glanz
mit Blütenpracht und Sonnenschein,
ist vorbei der Erntetanz,
wird's ruhig in Feld und Hain:

Dann tritt in unsre Herzen
ganz sacht und ohne Schmerzen
die Weihnachtssehnsucht ein.

Still fallen gold'ne Blätter,
sanft stubst sie der frische Wind,
sie, die wie auch schon bald die Schneeflocken
so liebreich sind.

Wir nehmen Gold und Rot
mit in die Wintersnot
und zünden ein Lichtlein an,
damit's bei uns
Weihnacht werden kann.

Angela Hilde Timm

Buntes Treiben weit und breit

Buntes Treiben weit und breit,
das ist die liebe Weihnachtszeit.

Erbauung nur soll die Dichtung bringen;
bloss keine dunklen Schatten niederzwingen.
Nur Sonnenschein soll euch beschwingen.
Keinesfalls der Gegensätze Ringen
in der Dichtung, in der wir alles besingen:

– Krankheit ist ein Gottes Segen,
denn sie hilft die Seele heben.

– Elend ist der Armen Glück,
bringt ihnen schon ein Himmelsstück.

– Neid, Hass und Betrügereien müssen sein,
wie sonst stünden die Guten im Glorienschein.

– Geld ist schnöder Mammon nur,
und doch stellt alles danach die Uhr.

– ...

Nein, nein ich sag' ja nur:
Frohsinn und Heiterkeit ist der Dichtung Natur;
von Unrecht, Leid und Einsamkeit keine Spur!
Drum ließ ich es ja auch beim Reimen,
lasst ja keinen Unmut aufkeimen;

denn:

Buntes Treiben weit und breit,
das ist die liebe Weihnachtszeit!

Angela Hilde Timm

Überraschung vor Aldi

Eiswein, 0,5 Liter im Angebot
Physalis und Ananas
weißer Satinmorgenrock für Mutti
und auch Konfekt in
zierlich bedruckten Dosen.

Ich stehe noch davor,
suche das Eurostück für den
Einkaufswagen
nachdem
ich gerade aus meinem frostigen
Personenkraftwagen gestiegen bin.

Ein älterer Mann schiebt Wagen,
um sich sein Eurostück
wiederzuholen
blicklos, grußlos, fremd.
Ich hätte ihm mein Eurostück
gegeben
hätte getauscht, ausgetauscht.
Oder hatte er einen Chip?

Überraschung!
Plastikgriff noch angenehm warm
von seinen Händen:
stummer Gruß.

Menschliche Wärme Mangelware
in unserer Überflussgesellschaft.
Frau muss nehmen, was sie kriegt.

Angela Hilde Timm

Es sind nicht die Geschenke

Es sind nicht die Geschenke,
dein Lächeln sagt mir mehr
als irgendein kuscheliger Teddybär.

Es sind nicht die Geschenke
nach denen mein Herze darbt,
ein Wort der Anerkennung
und der Liebe viel mehr mich labt.

Es sind nicht die Geschenke,
ich wünsch, dass der Heilige Christ
mit seinem Frieden und
seiner Gnade bei uns ist.

Angela Hilde Timm

Walnüsse knacken
vom Baum der gestern
gefällt wurde

Angela Hilde Timm

Alles muss nun warten

Heute bin ich ganz langsam geworden –
langsam und still.
Da war viel zu viel, was ich will.

Das Lebensrad es drehte sich zu schnell.
Ich verlor meinen Lebensquell:
Jesus Christ
ohne den wahres Leben mir nicht möglich ist.

Alles muss nun warten.
Hektische Weihnachtsvorbereitungen
treten zurück, sind verklungen.

Ich geh' zur Krippe, gehe in den Garten
um Ihm allein aufzuwarten:
dem Jesuskind, dem erstandenen Christ,
der meines Herzens Hoffnung ist.

Ruhig wandere ich jetzt weiter.
Ruhig, gelassen und heiter,
denn Er ist wieder mein Leiter.

Meinen Leitstern,
ich habe ihn wiedergefunden!
Halleluja!
Er ist wieder da –
mir und dir ganz nah.

Angela Hilde Timm

Lieber guter Vater,

Du gibst auf mich acht.
Was habe ich mir schon wieder für Gedanken gemacht?

Lehre mich vertrauen und ganz still zu sein:
Auf dich nur will ich bauen, zieh' in mein Herz hinein.

Die Nacht senkt sich hernieder,
sie schenkt friedvolle Lieder.

Sei du doch bei uns allen
mit deinem Wohlgefallen.
Verströme deine Liebe
und beende Kriege – große und kleine.

Ach, wolltest du nur bei uns sein.

Gloria in excelsis Deo.

Angela Hilde Timm

Zur ersten Weihnacht

Zur ersten Weihnacht
kam in Jesus
ein Mensch in unsere Welt,

der ‚Familie‘ weiter steckt,
der heilt und Freude weckt, –
Schuld vergibt.

Bei ihm geht's nicht um
viel haben,
sondern um liebevoll zu sein.

Darin ist er ganz groß –
Und wir oft so klein.

Jesus,
sei immer in unserer Mitte.
Dies ist unsere innige Bitte.

Angela Hilde Timm

Weihnachtliches Fazit

Lass' Raum für die Freude
hetz' dich nicht ab
sonst bist du Weihnachten
schlapp und schachmatt.

Das Christkind soll kommen,
nicht du und deine
Grüße und Gaben an die,
die ohnehin genug haben.

Bleib lieber locker,
stresse dich nicht
und habe dafür ein
freundliches Gesicht,

vielleicht auch noch
das rechte Wort.
Das Christkind kommt gern
an einen ruhigen
und stillen Ort.

Angela Hilde Timm

Der Schornsteinfeger
erklettert die Blüte
der Amaryllis

Angela Hilde Timm

Neujahrsgruß

Die Sonne scheine oft für dich
im Neuen Jahr,
und niemand krümme dir ein Haar.

All deine Bemühungen sollen
Früchte tragen
und Krankheit möge dich
kaum plagen.

Gott segne dich auf allen Wegen
und mache dich selbst zum Segen
für deine Lieben und diese Welt,
in die er uns alle zu dieser Zeit gestellt.

Angela Hilde Timm

Die Fremde lächelt
mir im Vorbeigehen zu:
Neujahrsprognose

Angela Hilde Timm

Januarnacht die
Mücke im Kaminholz summt
ein Wiegenlied

Angela Hilde Timm

Ade Weihnachtsbaum

Oh, mein lieber Weihnachtsbaum,
morgen wirst du abgeschmückt,
wie friedvoll war ich mit dir
unserer rastlosen Welt entrückt.

Beginnt nun auch wieder
das große Hetzen und Jagen
nach Erfolg, Reichtum und Glück:
ich will nicht verzagen,
sondern deinen stillen Glanz
in meinem Herzen weitertragen.

Du weist ja nur hin
auf die Freude über das Kommen
von Gottes Sohn, Jesus Christ,
der meiner Seele Retter ist.
Er – mein Schild und Lohn -
allzeit in meinem Herzen wohn'.

Möge Jesus uns in dies
neue Jahr begleiten
und jedem von uns auf seine
Weise Freude bereiten,
und uns so rüsten für ein
Leben in Liebe,
in dem der Weihnachtsfriede siege;
weil Jesus uns das ganze Jahr
mit seiner unendlichen Liebe beschenkt
und nicht nur zur Weihnacht
unsere Herzen lenkt.

Angela Hilde Timm

Zarter lila Blütenschimmer

Nein,
 der Februar-Himmel
 zeigt kein Blau am Himmelszelt,
 sondern hüllt in Grau,
 in totes Grau,
 die Winter-Alltagswelt.

Drauf blicke ich zur Erde –
 da oben gar nichts scheint –
 ob ich hier nicht fündig werde,
 ob nicht etwas Buntes keimt.

Da schimmert aus dem Grau
 eine lila Blüte hervor
 und öffnet mir auf Erden
 den lieblichen Himmelsflor.

So strahlt manche Blume
 in meinen Alltag sacht
 und grüßt aus dem Paradiese
 mit ihrem bunten Blatt.

Zarter lila Blütenschimmer
 erhellt mein Alltagsgrau.
 Bald schon weiss-rosa Geflimmer –
 Ich fühl' das ‚Ja' genau!

Angela Hilde Timm

Februartraum

Leise nun das Jahr erwacht aus der langen Winternacht.
In zartem Rosa erwacht die Nacht,
und die Vögel zwitschern, – ganz sacht.
Die Schneeflöckchen tanzen, wie Kinder mit ledernem Ranzen.

Hei, seht wie die Sonne lacht,
wie sie spielt mit der Flockenpracht,
wie sie sich im Schleier verliert,
wie der Vogel lachend girrt,
wie der Februar sein Zaumzeug schirrt!

Heija, auf ins neue Jahr!
Der Frühling, bald ist er schon da.
Musst nicht traurig in der Kammer sitzen;
fröhlich soll dein Geist jetzt blitzen
mit den schillernsten Ideen.

Siehst du dort die Zauberfeen,
wie sie tanzen ihren Reigen?
Hörest du der Vögel Geigen?
Wie sie sich im Tanze dreh'n!
Hei, und wie die Blumen duften,
die sie aus dem Körbchen zupfen,
und nun bald hier, bald dort erblüh'n.

Was, und du willst traurig sein?
Versenken dich in tiefe Pein?!
Diese Zeit ist Ahnung, Hoffnung;
und nur der Mensch kann sie versteh'n,
der auch sieht die Nebel flieh'n,
und die Vögel südwärts zieh'n.
Alle, alle kommen nun wieder.

– ‚Durch den Garten durch die Lüfte
hört' ich Wandervögel zieh'n' –

Und still, ganz still wird mein Herz,
wie unter wundersamen Schmerz, —
der öffnet weit, so weit das Herz.

Angela Hilde Timm

Februar-Botschaft

Das braune Eichenlaub —
wispernd im Februarwind —
raunt mir was zu.

Die vereinzelten grünen Grashalme —
hervorlugend aus eisigem Februarschnee —
signalisieren mir was.

Das fliegende Schwanenpaar —
südwärts ziehend über glänzendem Schneefeld —
bewegt mich tief.

Die filigranen Linien der Eispfütze —
schemenhaft Symbole zeichnend —
bedeuten mir was.

Der sonnendurchwebte Eishauch —
kühl mein Gesicht streifend —
berührt mich sanft.

Diese sonnige Februar-Schneelandschaft
trägt mir ein kaum
wahrnehmbares Versprechen zu.

Still beglückt —
meinem beschwingten Schatten folgend —
zaubert meine sinnende Seele
ein befreites Lächeln hervor.

Angela Hilde Timm

Vorboten

Die Sonne sinkt
leuchtend
durch knospende Äste
und Zweige deutend
auf eine neue
Herrlichkeit.

Die Ewigkeit,
sie bricht sich
auf Erden Bahn.

In Schönheit und Pracht
will Gott sich nah'n.

Angela Hilde Timm

Totes Eichenlaub
wispert allein im Wind für
die jungen Triebe

Angela Hilde Timm

Sehnsucht

nach Farben

Sehnsucht
nach Licht

und das frische Kraft
hervorbricht.

Mühe
zu gehen

Mühe
zu stehen
und fröhlich auszusehen.

Sehnsucht nach Kraft
zum unbeschwerten Lachen
und zum tausend schöne Dinge machen.

Angela Hilde Timm

In dunklen Zweigen
vor blau-weißem Himmel
Taube zu Besuch

Veronique Fehse

Winterzeit

Oh nun ist es wieder so weit,
Endlich ist es an der Zeit.
Ohne Halt mit Saus und Braus
Schaut noch so jede kleine Maus.

Die Glocken läuten hell und warm,
Als schließe mich jemand fest in seinen Arm.
Weich und kalt so fällt der Schnee,
Statt Glühwein gibt es heute Tee.

Die Stimmung bebt,
Auf dass die Liebe heute lebt.
Auf Weihnachten freut man sich das ganze Jahr,
So viel ist doch ganz klar.

Bunte Schleifen, schönes Papier,
Wir freuen uns, Weihnachten ist hier.
Warm wird's mir ums Herz,
Hell leuchten wie der Docht der Kerz.

Alle finden nun zusammen,
Hell erleuchten alle Tannen.
Heute wird sich nur gefreut,
Bevor es uns danach zerstreut.

Zusammen lachen und singen,
Solange die Glocken erklingen.
Zu kurz ist die Zeit,
Der wohligen Gemeinsamkeit.

Die Welt scheint in Licht getaucht,
Alle Sorgen sind kurz verschnauft.
Doch bald vergeht die Zeit,
Die uns zu dieser Einigkeit befreit.

Lasst uns sie nutzen, diese Stunden,
Eingehüllt in die Wärme des Gemeinsamen gefunden.
Bis der Winter weicht dem Frühlingshauch,
Genießen wir diesen Zauber auch.

Marko Ferst

Vom Herbst zum Winter

Sonnenfluten
verglimmen im Asternrot
bunter Wind
entflieht den Bäumen
die Tage werden kahler
weißer Atem
bedeckt verdorrtes Leben
nichts sucht
nach neuer Kraft

Marko Ferst

Winterlos

Erst kurz vor Weihnachten
verblich die letzte Rosenblüte
schon nach Neujahr
blühte das erste Schneeglöckchen
Ob die Schneemänner
im Februar noch kommen?

Marko Ferst

Blick auf den Seddinsee

Kormorane verätzen
ihre Brutbäume
über Wasserflächen
findet die Seele Tiefe
zuweilen lasse ich hier
meine Blicke schweifen
meditiere mit der großen Natur
die Wälder sprechen zu mir
manchmal betteln
Stockenten um Brotkrumen
Eisenpfähle mit Schildern
Berliner Gründlichkeit
verschandelt die Landschaft
Trauerseeschwalbenschutz
im Winter blendet
der Schnee auf dem Eis
im Sommer stört noch abends
motorisierter Bootslärm
und doch bleibt der Kontakt
zu Winden, Sternen
und Sonnenglitzer

Marko Ferst

Kurze Frostperiode

Erste Kufenkratzer
frische, klare Eisflächen
kristallgefrorene Zweige
ein breiter Graben
entlang von Erlenwäldern
schneelose Wiesenstücke
Schwarz im Dickicht
zuweilen laut grunzend
gehärteter Sumpfboden
Futtersuche erschwert
am Abend Schneetreiben
später Regen
erst wird es stumpf
Tage darauf
brüchig

Marko Ferst

Schneepfade

Blätter aus Eis
sie rühren an die offenen Weiten
Schneegestöber
Orte des Gehens
Geflechte aus falschen Maßen
Zeitfelder in Beton gegossen
Faulgeruch und Siegesfanfaren
das Wollen abgekoppelt vom Müssen
Warten und Ändern
in brüchigen Fügungen
grau wie Menschenwinter
angekommen
zwischen Lichtzeichen
kein Jahr beginnt mehr

Marko Ferst

Weißbärtiger

Bevor er eilt, der Robenmann
sodann verteilt die vielen Gaben
aus dem großen Jutesack
hat er sein gold'nes Buch vergessen
beim Treff mit den anderen Gemützten
sonst wurd's nie kontrolliert
ein Kollege borgt – hilft aus
so ist gerettet
der Einsatz für den Heilig Abend
Fototermin für die Presse sogleich
hinter Kunstbart lächeln
und winken bitteschön
weiße Engelinnen noch dazu
später die Routen abgesprochen
und endlich kommt er dann
bei den Kindern wirklich an
hört ein Lied, Gedicht
läßt sich sagen
ob er kann wagen
hier erneut
Knecht Ruprecht spielen
im nächsten Jahr
so ganz in rot
manchmal wird noch
ein Erwachsener geläutert, weil er
beim Gedichtaufsagen meutert
Geschenke gibt's beim nächsten Mal
nur wenn der Text so richtig sitzt
spät abends dann, völlig k.o.
Tier und Schlitten lahm
und ab ins Bett
er schlummert froh

Marko Ferst

Tauwetter

Schmutzig und weiß
Dreckflecke an den Hosenbeinen
Wege schlammverwandelt
in den Spuren schwarzes Wasser
auf Hausdächern rutschen Schneereste
Zapfen stürzen hinab
Eisschutt am Boden
Geklacker in Fallrohren
der Nadelwald trägt wieder
die korrekte Farbe
nachts noch einmal
Winterreste tiefgefrostet
ein paar verirrte Kristalle
windgetrieben
viele Tage zehren Plusgrade
an den letzten Schneemützen
grippegesättigt die Luft

Marko Ferst

Eiswelten

Eisbären im Nebel
In der Tundra neue Wasserebenen
Seht wie die Gletschermühlen
Wassergeister außer Rand und Band
Es sinken schief die Häuser
Land befreit aus frostigen Sperren
Teuflisches Dünneis beim Fischfang
Ein Sommer mit erster Kartoffelernte
Nanuk auf seinen letzten Gängen

Marko Ferst

Kirschen

Hoch oben hängen sie
man rechnet in Prozenten
nicht in Sicht ist die Ernte

Saftige Kirschenkost
und Steine spucken
Revolutionen sind unkalkulierbar

Manche Preise lassen
sich nie bezahlen
die Stare schnappen zu

Im Winter blühen
weiß nur die Träume

Marko Ferst

Spitzbergen

Arche im ewigen Eis
so hoch über Null
das niemals Fluten
sie durchspülen

Pflanzen
Samen über Samen
soweit die Kisten reichen
für den Fall aller Fälle
gesammelt

Am Klimaruder ziehen wir
bis die letzten Sicherungen
ausklicken

Niemand weiß
ob nicht vielleicht doch
ein Irrer kommt
der mit roten Knöpfen
austestet

Doch wer wird finden
wenn sich verzogen hat
die apokalyptische Dynastie
wenn die neue Steinzeit
Einzug hält?

Es fehlen nicht nur
gängige Festplatten
die Netze der Zivilisation
Weizen, Gerste, Reis
so läßt sich der Hunger
vielleicht besiegen

Wo ist die Eis-Arche
für die Bäume, Gräser, Blumen
und all die Spuren
die fehlen werden
im Staubland?

Was wird sein
wenn das Grönlandeis
auseinander gleitet?
Wann fangen wir
an in Ostantarktika
Tunnel zu legen
am richtigen Platz?

Aber wer wird noch Schiffe führen
wenn alles niedergetrampelt ist
sich nur noch
versprengte Reste sammeln
wir in Erdlöchern wohnen?

Marko Ferst

In der Tundra

Eisiger Nordwind
schleift über die Landschollen
weiß in weiß
toben die Elemente
selbst Stoffmasken
mit Mund- und Augenschlitz
schützen nicht in dieser Öde
verlassen von allen Geistern

Meter um Meter
Tote im Bahndamm
überschüttet vom Terrorwahn
Hunger als Lohn
die Strecke zum Jenissei
gepflastert von unschuldigen Schicksalen
mörderischem Plansoll
Stalin wies an
was sinnvoll hätte sein können
unter anderen Umständen

Doch der Flußriese Ob
sein Schlamm unbezwingbar
so fuhr nie ein Zug
auf jener nördlichsten Strecke
umsonst die Plackerei
rudern in Mückenschwärmen
die Tundra knetete
Gleise und Damm
zu Dellen ins Land.

Marko Ferst

Väterchen Frost

Gläsern, der Drache
strahlt im Sonnenleuchten
Winterthrone
warten auf Kinder
an der Weihnachtstanne
Märchenpanoramen
aus Eisblöcken, Reliefs
Künstler mit Meißel und Wasser
Schliff für die neue Jahreszahl
Pferde dampfen
vor ihrem Kufengefährt
die Eisgiraffe staunt

Djed Moros als roter Riese
an seiner Seite
Snegurotschka in Blau halbhoch
Rutschbahnvergnügen
für den kleinen Nachwuchs
Plastik mit Griff
als Hosenschutz
mit beheizten Kabinen
behängt das Riesenrad
Blick über die Schneestadt
Wellen ins Land dahinter
ein theaterblaues Dach, wuchtig
hütet die Bühne

Mit wehendem Mantel
Lenin bleibt
auf seinem Sockel
und zeigt hin
zu den Augen
der strengen
Rathausfront
russisch-baschkirisch beflaggt
ob auf das Steinpodest

so ganz aus Bronze
steigt bald Putin ...
genug provoziert hat er
so verdient man sich
den Spott allerorts
ein ehrlicher Abgrund

Drei Schweinchen
die Eisaugen
mit Rubelmünzen signiert
wer hat sein Haus
aus Stein gebaut
auf das ihm
der Wolf nichts umpuste
oder andere Gauner?
an diesem Neujahrsmorgen
fallen in manchem Heim
kleiner aus die Geschenke
aus den weißen Weiten
der Ölpreis beziffert die Inflation

Tjubing
so heißt der Luftreifen
Fahrt aufnehmen
auf der bebretterten Rampe
eisbeschichtet
ein Ruck
und los geht es
auf die abschüssige Bahn
in die lange Strecke
Frostkristalle
an Schal und Mützen
heißer Schwarztee mit Zitrone
wird gereicht
im Kiosk nebenan

Himmelblau
die Roschdestwo-Bogorodskij-Kirche
Goldkuppeln, Kreuze
drei Balken, einer schräg

in der Dämmerung
im Kircheninneren
ein Kerzenort
geheimnisvoll, dunkel und still
über der zentralen Straße
schwebt grünweißblaues Ornament
aus Lichterminiatur
auf der baschkirischen Bühne
das Ballett rundet
nach Tschaikowskis Noten
Schwanensee

Wann wird
ein neuer, anderer Salawat Julajew
endlich siegreich sein
ansetzen zum Sprung
mit seinem gewaltigen Pferd
über den weißen Fluß
Waldweite zu Füßen
überwunden sein
die Phalanx
immer neuer Zarenhöfe
die Kryptik der Macht?
einst Bauernaufstände
neue Umbrüche lauern

Das junge Jahr
wechselt sich ein
Riesengeschenke
vor geschmücktem Tannenbaum
täuschen
zum Mitternachtsläuten
hält der Präsident Ansprache
fernsehfern
Brücken harren
auf eine lichtere Wegstrecke

Simone Seebeck

Weihnachtszeit

Es ist die wunderbare Weihnachtszei
Macht die Türen auf und die Herzen weit
Ein Ende der Kälte und heute kein Streit

Es ist die weiße Weihnachtszeit
Wir feiern in Wärme und Geborgenheit
Wünschen uns Frieden und Zufriedenheit

Es ist die goldene Weihnachtszeit
Wir trösten die Menschen, die leben in Leid
Und entdecken viel Gemeinsamkeit
Ein Ende der traurigen Einsamkeit

Simone Seebeck

Wenn es Weihnacht ist

Schau' zum Fenster hinaus, wenn es Weihnacht ist
und erkenne, dass du nicht alleine bist
Ein Licht erscheint in den Herzen der Menschen
Ein Licht, um sich zu wärmen und gute Wünsche zu senden

Schau' in den Garten hinaus, wenn es Weihnacht ist
Es glänzet die Welt weiß im Sternenlicht
Liebe, Ruhe und Geborgenheit
wünsche ich dir heute und zu jeder Zeit

Simone Seebeck

Der Winter

Es ist der Winter, der klirrend kalt
mein Herz zerrissen hat

Ich fühle mich allein
Ich fühle mich matt

Es ist die Kälte, die schallend
über mich lacht

Ich fühle mich klein
Als ob ich niemanden hab'

Es ist der Lärm, in dem ich
untergeh'
weil ich die Welt nicht mehr versteh'

Ich suche einen Engel in der Dunkelheit
Ich suche Hilfe, hoffe auf eine bessere Zeit

Simone Seebeck

Weihnachtszeit

Wenn der Winter einkehrt
Die Sonne früh am Abend untergeht
Wenn die Kerzen brennen
Der Weihnachtsstern am Himmel steht

Wenn wir nach Wärme
und Geborgenheit uns sehnen
Wenn wir lachen und weinen
Uns an Andere anlehnen

Wenn das Leben gefeiert wird
Ein Wunder trotz der kalten Nacht
Wenn wir wissen, dass die Liebe lebt
Durch Gottes Kraft und Macht

Dann feiern wir die Weihnachtszeit
Dann vergessen wir Hass und Neid
Dann kommt wieder ein neuer Tag
Weil die Liebe viel kann und vermag

Simone Seebeck

Schöne Weihnachtszeit

Weißt du, warum Weihnachtsfeste so beliebt sind?
An Weihnachten sind alle wieder Kinder
Der Glanz des Weihnachtssterns scheint zum Fenster herein
Alle dürfen ruhig und geborgen sein

Weißt du, worauf ich mich freue?
Auf die Freude, auf die Treue
Liebe breitet sich langsam aus
Es wird warm und hell im Haus

Ich wünsche dir eine schöne Weihnachtszeit
voller Ruhe, guter Träume und Besinnlichkeit

Simone Seebeck

Januarnacht

Der Januar
vertreibt mit Schnee
die bösen Geister des Winters

Ist er schon da,
soweit ich seh'
wird dein Wunsch nach weißem Winter wahr

Die Blätter bleiben im Weiß liegen
Ich bin drüben bei den Apfelbäumen
unter den bedeckten Zweigen
und möchte mich verbeugen
vor der weißen Pracht

Es ist still und silbern heute Nacht
weil der Mond die Erde bewacht

Bin ich alleine oder ist jemand hinter
mir
Die Stimme hinter mir stammt nicht von
dir

Beschütz' mich, du Mond,
vor den Geistern
unter dem Schnee

Damit ich noch länger hier steh'

Und die Herdfeuer sehen kann,
die der Januar entfacht
heute Nacht

Simone Seebeck

Winternacht

Wenn die Eisblumen am Fenster
blühen,
merke ich, dass alles endlich ist

In der Kälte der Winternacht
fliegt kein gelber Vogel
an die Tür meines Geliebten

Am Boden rutsche ich
auf dem Eis
und gelange nicht mehr zu meinem Geliebten hin

Die Eisblumen starren schön
und einsam am Fenster

Kein goldener Frühlingsschimmer
durchbricht die Dunkelheit

Keine gelb-schwarze Eidechse
findet über die Wiesen den Weg
zu seinem Herzen
und ich merke, dass alles endlich ist
dann, wenn er es so will

Simone Seebeck

Weihnachtsabend

Wenn die Schneeflocken tanzen
Der goldene Weihnachtsstern am Himmel steht

Merken wir im Kerzenschein
 dass die Liebe Gottes nicht vergeht

Die Türen öffnen sich weit
 für unsere Herzen
 ewig und auch in unserer Zeit

Wenn die Lichter am Tannenbaum leuchten
 das neugeborene Kind in der Krippe liegt

sehen wir im Kerzenlicht
 dass das Leben nicht vergeht

Gottes Türen öffnen sich weit
 für uns
 jetzt ist die Zeit

Simone Seebeck

Wunder an Weihnachten

Ich säße gern im weißen Gras
Und erzählte dir was
Von den Gedanken und Wünschen
Die vorüber zieh'n

Wünsche können Wirklichkeit werden
Wunder werden geschehen
Wie der Wind an uns vorüber weh'n
Manchmal ohne dass wir sie bemerken

Wunder in Wärme
Im Kerzenlicht
In einem freundlichen Lachen
In den Worten eines Freundes

Wunder können sie erschaffen
Die uns aus der Dunkelheit holen
Die uns mit dem Leben verbinden
Dem größten Wunder von allen

Simone Seebeck

Adventszeit in der Stadt

Die Lichter brennen
Wie die roten Kerzen am Adventskranz

Es macht einen Unterschied
Ob wir am Leben sind oder nicht
Für jeden von uns macht es einen Unterschied
Jeder ist wichtig
Sonst wär' er oder sie nicht hier

Die Lichter brennen hell
Leuchten in der Stadt
Die stille Zeit beginnt

Für jeden von uns
Ist im Inneren ein ganzes Universum
Sonst wär' er oder sie nicht hier

Wir alle haben das Zeug, gut zu sein und so hell zu leuchten
Wie ein Licht in der Stadt

Josef Helmreich

Adventerleben

In den Häusern funkelt Kerzenschein
wirft ein Licht in die Nacht hinein
zeichnet Schattenfiguren in den Schnee
an denen ich großen Schrittes vorübergeh'

Es dauert nur mehr wenige Tage
bis zum alljährlichen Familienfest-Gelage.
Die Kinder freuen sich über ihre Geschenke
mir graut, wenn ich an damals denke

Jeder will, muß dem anderen was kaufen
schön verpackt, verziert mit Schlaufen
sie legen es beherzt unter'm Baum.
Ist dies, oder mein Leben, ein Alptraum?

Man wünscht sich ein frohes Fest
nachher, heimlich, so manchem die Pest.
Krampfhaft versucht ihr euch in Harmonie
bis jetzt vergönnte man sie mir nur nie.

Ich hatte als Kind, vor vielen Jahren
stets Kummer und Qual erfahren
bis meine Peiniger dahingeschieden
herrschte nur im Advent Pseudofrieden

Nicht das Herz oder Hirn raffte sie dahin
mir kam es erst vor Tagen wieder in den Sinn
wie oft ich damals wandelte im Schlaf
bis ich sie dabei mit meinem Zorn traf

Doch dies muß bedeckt sein mit Schweigen
darf niemals an die Oberfläche zeigen,
wie ewiger Schnee, der verhüllt das Land
für immer in die Vergessenheit verbannt.

Jetzt komm ich auf einer fremden Straße daher
genieße die Einsamkeit, bin innerlich leer
Schneeflocken tänzeln auf den Boden nieder
verwischen meine Spuren stets wieder.

Josef Helmreich

Adventsbilder

Draußen schneit es ruhig und friedlich
verziert sind die Straßen ganz lieblich
Lichter erstrahlen im Adventsglanz
doch das Bild stimmt nicht ganz.

Übers Land legt sich die weiße Pracht
jemand hat gerade Kekse gemacht
in der Küche duftet der Zimt
dies ist das Bild das nicht stimmt

Die Glocken klingen so zart
der Weihnachtsmann mit weißem Bart
gemacht aus Plüsch hängt am Balkon
wer glaubt dieses Bild denn schon

Der Punsch schmeckt mir wieder so bärig
ich schwor mir, nicht soviel wie letztjährig
doch jetzt dreht es mich besonders wild
schon fast stimmt dieses Bild

Ich seh' meine Spuren im Schnee
hinter mir, wenn ich vorwärtsgeh
Vom Weihnachtsmarkt torkle ich weg
dies Bild in mir, es hat keinen Zweck

Ich öffne die Augen es brummt der Kopf
ich habe gereihert in den Geranientopf
verschwunden die Zeit in der Alkoholsucht
verschlafen im Delirium, es ist Ostern verflucht

Alexander Lohner

Das Jesuskind im Mariens Schoß
und in der Krippe liegend

Das Kind hört Mutters Stimme
zart-leise wie in Watte weich,
sucht sie in dem dunklen Teich,
in dem es so wohlig schwimme.

Das Kind sucht sie nicht zum Sprechen – nein,
tastend-suchend an der lang-dünnen Schnur,
zu einem Stern es formen will die Stimme nur,
mit seinen kleinen Händchen – zart und fein.

– – –

Das Kind liegt in des Stalles Futtertroge,
das Heu, es ist so garstig kalt und nass,
von Ochs und Esel – Gestas und Dismas,
sie die Hirten rufen – die üble Atemwoge.

Das Kind verletzt sich blutend am Munde,
Josef die Ursach' sucht mit Angst und Zorn,
zieht aus dem Heu den nagel-spitzen Dorn,
küsst sanft des Jesusknaben Lippenwunde.

Josef Wehinger

Advent

Advent ist die Zeit, die will uns ermahnen,
dass das Kommen des Erlösers, wir froh erahnen.
Was steckt an Glauben und Fühlen denn noch in mir?
Öffnen wir dem Kommenden unsere Seelen-Tür?

In allen Völkern und Religionen
denen Heilbringergestalten innewohnen
und aus der Daseinsnot heraus sind entstanden
ist Jesus Christus, für uns auferstanden.

„Hochgelobt sei, der da kommt im Namen des Herrn."
Das sagt uns der Advent, er will uns damit lehren,
dass immer das was unseren Seelenhunger stillt,
das ist, was unseres Denkens – Sinn auch erfüllt!

Und das was der Menschheit Sinn soll ergeben
soll jeder versuchen – für sich selbst zu erstreben!
Der Mensch ist immer nur – das was er denkt
drum ist es gut wenn er Gedanken – an Jesus verschenkt!

Dann wird seine Wahrheit in uns lebendig,
dann bleibt die Nächstenliebe in uns beständig!
Der Mensch der den Frieden sich selber kann geben,
kann auch mit den Mitmenschen, im Frieden leben!

Friede beginnt dort, wo die Missgünste enden
weil die täglichen Kleinkriege, Lebenszeit verschwenden!
„Und ich vernahm – wie man mit dem Herzen vernimmt"
Sagt Augustinus, das wäre das was uns adventlich stimmt!

Der Friede wächst auch – in unserer Zufriedenheit,
Friede sei mit euch, in der Vorweihnachtszeit.

Josef Wehinger

Weihnacht

Der Blick nach innen – auf unser Innenleben
könnte grad im Advent viel Sinn für uns geben.
Erwartung, Hoffnung und die Besinnung,
die bringen uns, in die weihnachtliche Stimmung.

Ein Kranz mit Kerzen begleitet uns durch den Advent,
wenn auf diesem Kranz die vierte Kerze dann brennt,
so fühlen wir die Geburt des Erlösers ist nah,
dann ist Christus geboren und Weihnacht ist da.

„Hochgelobt sei, der da kommt im Namen des Herrn"
„Die Menschwerdung Gottes", die soll uns lehren,
dass an Weihnachten wir viel an Wahrheit gewinnen,
wenn wir uns der christlichen Lehre besinnen!

Unsere Gegenwart die treibt unheilvolle Blüten
doch was Jesus uns lehrt, soll uns davor behüten,
weil wir doch dem Vergnügen zu gern erliegen,
dass wir das uns drohende Unheil, mit seiner Hilfe besiegen.

Der Mensch ist, immer das nur, was er denkt
drum, wer sein Denken an Jesus verschenkt,
dem seine Wahrheit wird dadurch lebendig,
dem seine Nächstenliebe, die ist beständig!

Was ist es, was unseren Seelenhunger stillt?
Was ist es, was den Lebenssinn erfüllt?
In der Lehre von Jesus ist der Lebenssinn geben
und eben das soll jeder, für sich selber erstreben!

Von der Finsternis unserer Zeit soll uns Jesus erlösen
vor der Verwahrlosung unserer Seelen, vor dem drohenden Bösen.
Durch die Botschaft die die Geburt des Erlösers uns bringt,
wenn in uns das weihnachtliche Fühlen und Denken gelingt!

„Und ich vernahm – wie man mit dem Herzen vernimmt",
sagt Augustinus, oh wäre es dies, was unser Denken bestimmt.
Der Mensch, der im Frieden mit sich selber kann leben,
kann diesen Frieden, den Mitmenschen geben!

Es gibt mehr Not und Elend – als nur Erbarmen,
die Mächtigen übersehen die Rechte der Armen!
Viele Milliarden werden in der EU bilanziert unter dem Titel,
zur Vernichtung überschüssiger Lebensmittel!

Umgekehrt aber weiß man, dass der Welthunger droht!
Herr, gib den Nackten doch Kleidung, den Hungernden Brot.
Herr gib, dass für uns alle es doch so sein könnte,
dass der eine dem anderen sein Leben wohl gönnte.

Ein weihnachtliches Denken, das könnt uns besinnen,
dass die Not wir bekämpfen, an Liebe gewinnen.
Im christlichen Glauben, wenn wir uns dazu bekennen,
können, was Jesus uns lehrt, nur heilsam wir nennen!

Evangelien und Psalmen wären Lebenssinn-Gestalter,
daran besinnt man sich eher, im zunehmenden Alter.
Und auch von wärmender Erinnerung getragen
ist die Weihnachtsfreude in unseren Kindertagen.

Das Wissen um Weihnacht, im Glauben, gibt Kraft
wenn die die Geburt Christi – ein Seelenbild schafft!
Die Ankunft des Erlösers in jener heilsamen Nacht
ist das, was die Weihnacht in unserem Herzen ausmacht!

Der Gedanke an Weihnacht soll im Glauben uns tragen,
im Frieden zu leben, dem Bösen zu entsagen.
So bitten wir Jesus und hoffen in seinem Namen,
dass Weihnachten in uns lebt, in Ewigkeit Amen.

Josef Wehinger

Friede sei mit dir!

Es ist Sonntag, heute, der 1. Dezember
und was steht, unter heute, im unserem Kalender?
Heut ist der erste Sonntag im heurigen Advent,
die Zeit die man friedliche Besinnung auch nennt!

Die Städte sind geschmückt mit weihnachtlichen Symbolen
Sie erinnern uns ständig, dass wir einkaufen sollen!
Die erste Kerze brennt auf dem symbolischen Kranz,
das erste Lichtlein verbreitet, Hoffnung und Glanz!

Wir fragen uns, was die Menschen wohl denken,
die solche Kränze erwerben, und auch verschenken?
Er macht eben auch mit, es ist ein hübscher Brauch,
wenn andere das tun, so mach ich`s halt auch!

Wieder ein anderer sieht darin, vom Geheimnis ein Hauch
von gefühlsvoller Ahnung, nicht nur weil es Brauch!

Zu Weihnachten ist einer geboren, der Frieden uns bringt,
Advent heißt auch Hoffnung, dass der Friede gelingt!
Erlebe den Advent, mach Frieden in dir,
lebst du diesen Frieden, kommst vom Dir dann ins Wir!

Kann Kaufhaus-Weihnacht, wo Lautsprecher brüllen,
kann das den Frieden bringen und Weihnacht erfüllen?
Der Kampf jeder gegen jeden mit Ungerechtigkeit
befreit uns nicht aus dem Gefängnis der Heutigkeit!

Von Sonntag zu Sonntag eine brennende Kerze mehr steht,
ein zunehmendes Licht, dass der Erfüllung zu geht.
„Adventus-Domini" „Die Ankunft des Herrn" sind Zeiten,
die mahnen an das Kommen des Erlösers, uns vorzubereiten!

Das was im Advent wir als „Das Kommen" erkennen,
das können „die lebendige Wahrheit" wir nennen!
Das was vom lebendigen Christus man weiß,
dass sei geheiligt! Es lebe in unserem Geist!

Vier Jahrtausende des Wartens in vorchristlicher Zeit
vier Kerzen symbolisch, dass als Gleichnis uns zeigt,
jede mehr brennende Kerze sagt uns, es ist ein Dunkel vorbei,
bis alle vier brennen, und Weihnacht dann sei!

Jauchzt deine Seele dir dann – ein Halleluja
fühlst du dann im Herzen, meine Weihnacht ist da!

Gabriele Guratzsch

Advent

Advent, Advent:
Die Seele brennt.

Advent, Advent:
Unser Herz rennt.

Advent, Advent:
Jemand still flennt.

Advent, Advent:
Er weiß und kennt

  dich,
  mich,
  uns,
  alle
  …

Gabriele Guratzsch

Im Rausch der Zeit

Bald ist es nun so weit.
Wir feiern wieder Weihnachten.
Wie schnell verging die Zeit.
Worauf müssen wir noch achten?

Haben wir alle Geschenke?
Alles Essen schon für die Lieben?
Haben wir ganz voll die Schränke?
Wer hat die Weihnachtspost geschrieben?

Woran müssen wir noch denken?
Haben wir nichts vergessen?
Wohin sollen wir jetzt lenken?
Haben wir uns vermessen?

Nein – das kann nicht, darf nicht sein.
Wir waren auf Achse – die ganze Zeit.
Plötzlich fühlen wir uns klein.
Was hält nun Weihnachten für uns bereit?

Weihnachten – im Rausch der Zeit –
steht auf einmal vor der Tür.
Ruhe, Licht und Freundlichkeit –
das wünsche ich uns dafür.

Sofia Hillebrenner

Winterzauber

Die Erde trägt ein Hochzeitskleid,
so schimmernd, glänzend, prachtvoll, weiß.
Die Nächte sind schwärzer, die Tage voll Licht,
da Sonnenschein auf glänzenden Eisflächen sich bricht.
Das Strahlen erleuchtet die dunkelsten Seelen,
sie können nun wieder ein Lächeln vergeben.
Als Vögel in den Süden flogen,
keimte Liebe auf unserem Boden.
Sie wuchs in rankenden Frühlingsrosen
von unten durch der Menschen Hosen.
In den Bauch und hoch ins Herz,
verdrängte jeden anderen Schmerz.
Denn wenn´s draußen stürmt, dann schneit,
doch das Warme in uns bleibt,
wissen wir, dass ganz bestimmt,
der Winter seine Zauber wirkt.

Sofia Hillebrenner

Rote Kerzen

Wenn sich auf die roten Ziegeln
weiße Glitzerdecken legen,
wenn die starken, stolzen Tannen um die Kraft der Wurzeln bangen,
wenn tausend bunte Bommelmützen über weiße Wege flitzen,
wenn die Nacht den Tag verschlingt,
im ganzen Land Musik erklingt,
wärmen sich der Menschen Herzen
am sanften Schein der roten Kerzen.

Robert Goepel

Hei, hei, hei, so eine Schneeballschlacht

Hei, hei, hei, so eine Schneeballschlacht
ja, das ist was für die Großen und die Kleinen
rieselt leise dann der Schnee
kannst heut eher weinen

Kein Wintertag mehr bitterkalt
kein Fenster zugefroren
kein Sturm mit eisiger Gewalt
der Winter ging verloren

Weihnachtlich dunkelt der Wald
der See ist nicht erstarrt
in den Herzen ist's zwar warm
doch gibt's Kümmernis und Harm

Niemals wieder regnet´s Eis
dass du besser bleibst zu Haus
Schneemann bauen war einmal
und dass keinen Hund jagst raus

Menschenleer die Straßen
mancher schon erkältungskrank
Strom fiel aus, kein Öl im Tank
Weihnachten kann kommen

Heut' frühlingshaft der Feiertag
in Bethlehem gab´s auch keinen Schnee
das doch einfach mal ertrag
oder tut dir etwas weh

Freue dich, Christkind kommt bald
kein Schneegestöber hält es auf
Sorge des Lebens verhallt
Heilig Abend nie mehr kalt

In der heiligen Nacht
Hitzegrade grandios
Chor der Engel erwacht
was ist heute bloß los

Vorausgesagt von Jonas schon
und vom Club of Rome
Horch' nur, wie lieblich es schallt
Christkind wird nicht mehr alt

Jürgen Haberzett

Der Kater

Das Tapsen im Schnee ist ungehört
sein Miauen klar und ungestört
Die Sicht so weit, dass Möglichkeiten schrecken
jede Richtung ungemein
kaum sieht man rotgetigert Fell
mit wundgeschlagnen Flecken

Vermisst verleidet schrecklich Traum
Der Kater fühlt das Leben kaum
möcht angstvoll weiter Mäuse jagen
doch verendet hier und heut
nicht kratzend beissend Herrchen plagen

Ein roter Fleck im großen Weiß
Sein Atmen, sein Miauen, sein Tappen
es hilft kein Zögern, es hilft kein Fleiß
jetzt ist es Keuchen – hustend, schnappend
Das Miauen – trotzdem Seins

Kürzer, immer kürzer kommt der Atem
länger, immer länger will er warten
sich festhalten am Gewohnten, doch Fluß hört auf
und still bricht ein, der Katzenkörper rot und fein
Leben strömt aus nun stumpfem Haar
Borstig liegt der Kater da. Ist tot nun. Tot

Und ungehört. So unerhört und ungestört
So leise, still und unbemerkt
So friedlich, grausam, fast betört
Hört man im echohaften Rausch
und grüner Tannen Pracht
ein Miauen in glänzend weißer Nacht

Stefanie Haertel

Es ist kalt geworden zwischen uns

Wenn du mit mir redest,
seh ich nur den Hauch des Winters.

Deine Berührungen
sind längst eingefroren.
Wir haben vergessen,
was Sommer ist.

Es geht ein jeder
wohl besser
seine eigenen Wege,
sodass wir uns nicht
aneinander erkälten.

Es ist kalt geworden zwischen uns.

Stefanie Haertel

Fakten oder Gedanken?

Um dich herum ist Sommer,
doch in dir sind Schneestürme.
In der Welt ist eine glühende Hitze,
doch du frierst und zitterst vor Kälte.
Alles singt und jubelt vor Glück,
doch du fragst dich,
wann du das letzte Mal gelacht hast.

Ich frage mich:
Was entscheidet mehr über dein Leben,
die tatsächlichen Fakten
oder deine subjektiven Gedanken?

Ja, was ist bedeutender für dein Leben,
das, was wir tatsächlich erleben
oder welche Gedanken wir dabei haben?

Tom Stephan

Weihnachtschaos

So war es kurz vor Weihnachten, als manche noch an fehlende Geschenke dachten. Mitten im Wohnzimmer stand der große Weihnachtsbaum, so wenig Geschenke und so viel unbelegter Raum. Doch Weihnachten ist nicht Nikolaus. Da muss man schon mehr hinblättern als einen vollen Schuh. Die letzte Rettung ist das Einkaufscenter, doch das macht gleich zu. Schon gilt es die erste Hürde zu überwinden: Einen freien Parkplatz finden. Die Hoffnung auf den großen Weihnachtsrabatt, am liebsten würden sie rennen, doch draußen ist es glatt. Kaufwilligen Kunden drehen gerne und in Ruhe ihre Runden, die haben zwar nichts gesucht, aber dafür umso mehr gefunden. Wo versteckt sich das beste Geschenk? Am besten fertig und bunt verpackt. Im Hintergrund läuft Jingle Bells, manche summen den Takt. Während die einen Weihnachtslieder nicht mehr hören können, wollen sich andere am Stand eine Pause gönnen. Der Wunsch nach einem erwachsenen Kinderpunsch. Also nein, es muss Glühwein-Genuss sein! Eine Riesenschlange und alle haben bereits den Zwanzig-Euro-Schein in der Hand. Teuer wird nicht nur das Getränk, sondern auch das Pfand. Kunden, die fröhlich versuchen, sich an der Schlange vorbeizuschummeln, denn betrunken kann man viel besser bummeln. Dann der Jackpot: Duschgel, Shampoo und sogar Parfüm verpackt in bunten, edlen Schleifen. Wer würde da jedes Jahr nicht zugreifen!

Felix Fersch

18 Zeilen zur Schneezeit

Ein toter, kalter Baum
birgt grüngeborenes Moos,
das harsch in fahlem Braun verwächst.
Geborgen in einer Fantasie; ganz groß
und mit seidenem Flaum bedeckt.
Fällt von seinem kargen Ast in deinen Schoß
doch letztlich bloß ein alter Traum.
Das glorreiche Spätherbstgeäst,
das nunmehr schwarze Früchtlein trägt,
sehnt sich nach seinem senilen Bauern,
der mit ernsten Wintertränen sät.
Doch um ihn schert sich ein Niemand mehr,
der gewohnt in seinen Mauern.
Ein einz'ger Schwalbenschweif
durch's Laub auf's graue Dickicht späht.
Eine Klaue aus dem Nest greift nieder.
Wieder keine Vogelfeder aus dem Fleisch gepresst.
Ein weiterer Lebtag endet im Trauern.

Felix Fersch

Langer Winter

Der Rock der Glöcklein dieses Mais
schüttelt den Schnee von Lederrüschen
und durchbricht damit das Eis.
Noch taut nichts,
was tagelang als tief erfroren galt.
Keine Knospen ranken sich,
keine Sporen weht der Wald.
Das hölzerne Gewitter,
welches, während es wintert,
seine kahlen Blitze ruhmreich
aus dem Erdreich herausreckt.
Unter den schweren Wolldecken
des wolkenweißen Winterschnees
die lichtgierigen Triebe des Kinderklees bedeckt.

Felix Fersch

Wenn sie nur nicht wegflögen

Grau sind die Vög'lein gar mehr -
vor winterlicher Fäulnis schrumpelnd.
Ehe sie vom Himmel stürzten
und ins Laubwerk der leeren Eschen krachten,
wo sie nun das Verzehrtwerden erwarten.
Auf dass Kleinschaben sie schlachten
und sich an ihren kargen Leibern laben!
Ein wahres Mästfest im Geäst wird es,
wenn krabbelnde Schändbiester
letztlich Fremdgefieder tragen.

Inhalt

Autorinnen und Autoren stellen vor

Autorinnen und Autoren stellen vor:

Anja Apostel, Vanessa Boecking, Nikolaus Luttenfeldner, Heidi Axel u.v.a.: Auf Irrfahrt in der Westsee. Märchen, Spuk- und Fantasiegeschichten, 420 Seiten, Edition Dorante, 2023, 17,95 €

Sebastian Bluth: Grazie Cara Vita. Gedichte, 214 Seiten united p.c. Verlag, 2021, 19,40 €, ISBN 978-3-7103-5054-2
Sebastian Bluth: Die Hüterin der Sterne. Roman, 216 Seiten, united p.c. Verlag 2022, 21,90 € ISBN 978-3-7103-5507-3. Weitere Infos und Leseproben unter: www.sebastianbluth.de

Bettina Engel-Wehner (Pseudonym „JE"): „Je Band 1 | Gedichte", 188 Seiten, BoD, 2019, Hardcover, 17,00 € / Leseprobe: https://www.je-gedichte.de/Je_Band1_Auszug.pdf Bestellen, Webseite: https://www.je-gedichte.de/

Marko Ferst: Einzug in die Stille. Erzählung, 112 Seiten, Edition Zeitsprung, 2021, 7,50 €
Marko Ferst: Jahre im September. Gedichte und Erzählungen, 212 Seiten, Edition Zeitsprung, 2017, 11,90 €
Marko Ferst: Republik der Falschspieler. Gedichte, 172 Seiten, Edition Zeitsprung, 2021 (2. Auflage), 9,95 €
Marko Ferst: Umstellt. Sich umstellen. Politische, ökologische und spirituelle Gedichte, 164 Seiten, Edition Zeitsprung, 2022 (2. Auflage), 9,95 €
Marko Ferst, Franz Alt, Rudolf Bahro: Wege zur ökologischen Zeitenwende. Reformalternativen und Visionen für ein zukunftsfähiges Kultursystem, 340 Seiten, Edition Zeitsprung, Berlin 2002, 21,90 €
Marko Ferst, Rainer Funk, Burkhard Bierhoff u. a.: Erich Fromm als Vordenker. „Haben oder Sein" im Zeitalter der ökologischen Krise, 224 Seiten, Edition Zeitsprung, Berlin 2002, 15,90 €
Leseproben und Bestellung: www.umweltdebatte.de

Robert Goepel: reframing objects. Bildband, 75 Seiten, 2016, Kid-Verlag, ISBN: 978-3-929386-64-6
Robert Goepel: Rotes Irrlicht beim Versuch sich einen Reim zu machen. Bebilderter Gedichtband, 126 Seiten, 2019, Kid-Verlag, ISBN 978-3-947759-32-3

Robert Goepel: Ein Stein fiel vom Himmel und mit ihm kam die Erleuchtung. Gedichtband, 338 Seiten, 2021, Kid-Verlag, ISBN 978-3-947759-67-5

Fritz Haselbeck: Regenbogentage - Gedichte, Gedankenbilder, Metaphern. 88 Seiten, PNP Sales GmbH, 2024, 14,80 €, ISBN 978-3-9821924-2-0
Fritz Haselbeck: Roter Mohn - ... und ich träume mit ihm. 200 Seiten (Bild-Textband), PNP Sales GmbH, 2022, 25,00 €. ISBN 978-3-9821924-1-3
Fritz Haselbeck: Perlen der Zeit. 84 Seiten (Bild-Textband), PNP Sales GmbH, 2020, 24,90 €. ISBN 978-3-947688-05-0
Bezugsadresse: dr.haselbeck@web.de (portofreie Zusendung)

Sylvia M. Hofmann: Dem Winter entfliehen. Erlebtes auf Reisen, 184 Seiten, Engelsdorfer Verlag, 2024, 13,50 € ISBN 978-3-96940-804-9
Sylvia M. Hofmann u.v.a.: Die japanische Freundin. Erzählungen, 420 Seiten, Dorante Edition, 2023, 17,90 €
Sylvia M. Hofmann: Die wandelbare Frau, Roman, 188 Seiten, Engelsdorfer Verlag, 2006
Sylvia M. Hofmann: Oft kommt es anders als man denkt. Kurzgeschichten, 208 Seiten , Engelsdorfer Verlag, 2016 ISBN 978-3-96008-280-4
Die beiden letztgenannten Bände zu bestellen bei der Autorin unter sylvia-hofmann@web.de

Regina Jarisch: herzflug. Gedichte mit Grafiken von Jost Heyder, Leipziger Literaturverlag, Reihe neue lyrik (Band 93),2020: ISBN 9 783866 602595; 19,95 €
Regina Jarisch: lauter leben. Gedichte. ATHENA Verlag, Oberhausen, edition exemplum 20215: ISBN 978-3-89896-590-3; 11,90 €; Leseproben www.regina-jarisch.de

Frank Joußen, D.C. Hubbard (Hrsg.): Kleinkrieg und Frieden: Eine Collage internationaler Familiengeschichten, 232 Seiten, BoD, 2018, 11,99 €

Hans-Georg Karl: Wärme – Poesie vieler Jahre, 92 Seiten, Books on Demands, 2011, 14,90 €
Hans-Georg Karl: Feuer – Poesie für Dich, 92 Seiten, Books on Demands, 2012, 14,90 €
Hans-Georg Karl: Licht – Strahlende Poesie, 92 Seiten, Books on Demands, 2018, 12,90 €

Hans-Georg Karl: Sonne – Wärmende Poesie, 88 Seiten, Books on Demands, 2024, 15,90 €, Leseproben: https://www.amazon
de/

Tilman Kressel, Uwe Cardaun: Böse und versöhnlich - kurze Ge schichten, 174 Seiten, edition zebra, 2022, 18,00 €, Bezugsadresse: Tilman Kressel EMail: tkressel@me.com

René Oberholzer: Das letzte Stück vom Himmel. Gedichte, 96 Seiten, Klaus Isele Editor, BoD, 2021, 16,90 €
René Oberholzer: Analphabeten der Liebe 96 Seiten, Klaus Isele Editor, BoD, 2023, 22,90 €

Carsten Rathgeber: Fäden zur Welt. Lyrik zur Existenz, 147 Seiten, Dorante Edition, 2024, 9,95 €
Carsten Rathgeber et al.: IT-Handbuch, 720 Seiten, Westermann Verlag, 2024 (12. Auflage), 42,95 €
Carsten Rathgeber u.v.a.: Pinselstrich, Klavier und Kunst, 404 Seiten, Edition Dorante, 2020, 17,90 €
Carsten Rathgeber u.v.a.: Im Dünenblick, 304 Seiten, Edition Dorante, 2019, 15,80 €
Carsten Rathgeber u.v.a.: Auf der Halbinsel, 420 S., Edition Dorante, 2016, 17,80 €
Carsten Rathgeber: Zwischen(t)räume & Grenzwelten. Gedichte, 68 Seiten, Lorbeer Verlag, 2014, 6,99 €
(Siehe auch: https://carstenrathgeber.wordpress.com/lyrik)

Stefan Reschke: Neue Hintergründe zu den schönsten deutschen Balladen. Balladen, 148 Seiten, ISBN: 9783754977460, Freigeist Autorenverlag, 2022, 12 €
Stefan Reschke: Gedichte zum Abhängen, Gedichte, 128 Seiten, ISBN: 9783758494383, epubli, 2024, 10 €,
Stefan Reschke: abgedichtet, Gedichte, 128 Seiten, ISBN: 9783758494710, epubli, 2024, 10 €,
Stefan Reschke: 6 tage im januar, Gedichte, 88 Seiten, ISBN: 9783759801401, epubli, 2024, 8 €, Leseproben: www.epubli.com

Grete Ruile: Gesplitterter Gedankenweg. Aphorismen 2021, 55 Seiten Engelsdorferverlag, 2021, 8 €

Grete Ruile: Liebe ist die Rose der Gemeinsamkeiten. Gedichte, 69 Seiten, Engelsdorfer Verlag, 2023, 9,80 €
Grete Ruile: Märchenhaftes und Tiergeschichten, Seiten 93, Engelsdorfer Verlag, 9,00 €

Angela Hilde Timm u.v.a.: Dünne Landzunge. Gedichte, 128 Seiten, Edition Dorante, 2022, 11,50 €

Lichtflug

Gedichte

Marlies Kemptner, Florian Birnmeyer, Grete Ruile

180 Seiten, 2024

Republik der Falschspieler

Gedichte

(mit einem Essay zum politischen Gedicht)

Marko Ferst

172 Seiten, Edition Zeitsprung, 2. Auflage, 2021

Seltenes spüren

Gedichte

Ulrich Grasnick, Elisabeth Hackel, Günter Kunert, Marko Ferst, Dorothee Arndt, Charlotte Grasnick u.v.a.

268 Seiten, 2014

Erleben Sie den Inkafrühling in Peru. Versunkenen ägyptischen Schätzen wird nachgespürt. Monets Garten lädt ein und dem Duft einer französischen Bäckerei folgt ein Gedicht. Der Berliner Dom spiegelt sich nicht mehr im Palast. Zahlreiche surreale Gedichte enthält der Band, vereinzelt auch gereimte. Ein Besuch bei Heine steht an, versteckt liegt sein Denkmal. Den Szenarien der Krieger geht ein Lyriker auf den Grund, von weidwundem Land berichtet ein Gedicht für die Erde. Letzte Bienenwagen kommen in den Blick, Ausflüge führen ins Känguruland. Die Sonnenpost läßt uns Entfernungen vergessen. Der vorliegende Band ist eine Gedichtsammlung des Köpenicker Lyrikseminars und der Lesebühne der Kulturen Adlershof. Gäste wurden eingeladen. Grafiken von Dorothee Arndt illustrieren den Band. Das Lyrikseminar existiert seit 1975 und publizierte bereits mehrere Anthologien.

Leseproben: www.umweltdebatte.de
Bestellung: marko@ferst.de (dt. Porto frei)

Die Ostroute

Erzählungen

Andreas Erdmann, Marko Ferst, Monika Jarju u.v.a.

256 Seiten, 2014

Der Band beginnt und endet mit einer Erzählung über Wölfe. In der einen werden sie gnadenlos verfolgt, in der anderen sorgt ein Rudel weißer Tundrawölfe für arktische Jagdszenen. Andernorts kommt eine Ostroute ins Spiel. Wir erfahren mehr über das Schicksal eines jungen Rauschgiftkuriers im Iran, wie über seinen Lebensweg der Stoff der Stoffe richtet. Ein Ostseesturm sorgt für eine risikoreiche Segeltour. Von allerlei sonderbaren Abwegen weiß die Erzählung „Genervtes Anstehen für Liebe" aus Bulgarien zu berichten. Zur Sprache kommen die Erfahrungen von Heimkindern in der frühen Bundesrepublik. Grenzübertritte zwischen Ost und West und deren Folgen sind im Blick zweier anderer Beiträge. Wie man ganz legal schwarzfährt, erläutert Johannes Bettisch. Was passiert, wenn man ganz unerwartet von seinem chinesischen Firmenpartner zum Tanz aufgefordert wird?

Der Band enthält Erzählungen von Ali Amini, Johannes Bettisch, Andreas Erdmann, Marko.Ferst, Elisabeth Hackel, Karin Heinrich, Monika Jarju, Tengis Khachapuridse, Norbert Klatt, Christine Koch, Carmen Mayer, Heide Rabe, Hans Sonntag, Dimil Stoilov, Lore Tomalla, Günter Wirtz, Gisela Witte und Angelika Zöllner.

Berge und Sichten

Gedichte

Friedrich Kieteubl, Dirk Tilsner, Heike Streithoff

432 Seiten, 2024

Der Donauherbst begrüßt uns, Alleen öffnen sich. Der Alpenraum wird in diesem Gedichtband häufiger vermessen. Gletscher ziehen sich immer weiter und weiter zurück. Von der Bergfahrt eines Dampflokzuges, dem Kohleschaufeln, gibt es Bericht und ein befreiendes Pfeifen. Gedanken beim Wandern bergan, ökologische Schuld lässt sich nicht abschütteln. Fjorde frieren nicht mehr zu, Wetterberichte dokumentieren auffällige Aspekte. Eine wirklich dramatische Schlagzeile würde lauten: Die Flüchtlinge kehren in Scharen zurück. Ossietzky druckte was andere verschwiegen. In der Ukraine gleichen manche Orte Ruinenzonen, Folter thematisiert ein Gedicht. Normalität befindet sich hinter unseren Bezahlschranken, utopische Wendungen werden buchstabiert. Auch Schaukelpferde können aussterben. Orcas auf hoher See bedrängen ein Boot, alle bleiben an Bord. Abgespielt wird eine Hommage an das Lichtspielhaus. Liebesgedichte finden sich ebenfalls in dieser Anthologie. Oranges Mosaik aus Zuversicht, lässt es sich setzen?

Leseproben bei Thalia, Buecher.de u.v.a.

Fäden zur Welt

Lyrik zur Existenz

Carsten Rathgeber

147 Seiten, Dorante Edition, 2024

Licht fällt auf gelben Raps, Flügelschatten mustern. Momenten der Ewigkeit in Augenblicken und in den Rissen vom Dasein spürt dieser Lyrikband nach. Was trägt und bindet uns? Ideen und Gefühle tauchen auf, verklebt wie eine Endmoräne. Besprochen wird das karge Holz der Welt, die unlösbaren Felder. Künstliche Intelligenz erobert sich wie eine vierte Kränkung Terrain, mitunter nimmt sie die Wahrheit nicht so genau. Im syrischen Mondlicht werden Böden und Fugen blutverklebt hinterlassen. Raketenwerfer sind versteckt in Scheunen, Lügentrolle poltern auf den Straßen. Kurzgedichte folgen ihrem freien Lauf aus Momenten. Kaffee, Kuchen und Zeitung entfalten das Mögliche und hinterlassen Rätsel im Caféhaus. Im dritten Abschnitt des Bandes sind vermehrt die Tage der Liebe im Blickfeld, helles Licht, weiche Lippen. Die vorliegenden Gedichte orten die eigene Existenz und die Fäden zur Welt, die halten und leiten. Ein Pharisäer erlöst uns.

Leseproben bei Thalia, Buecher.de u.v.a.
Bestellen, Kontakt: carsten.rathgeber@gmx.de
Webseite: https://carstenrathgeber.wordpress.com/lyrik/